너의 아방은 뱃놈 아니가

너의 아방은 뱃놈 아니가

한금희 수필집

도서출판 북인

내가 어떤 삶을 살았는지 보여주고 싶다

문화센터에 다닌 지 10년이 되었다.

교수로 재직하면서 논문도 썼고 책도 썼지만 작가가 되리라는 생각을 구체적으로 해본 적이 없다.

문화센터가 인연이 되어 『한국산문』이라는 월간 수필전문지를 통해 등단했지만 무슨 글을 어떻게 써야 할지 갈피를 못 잡고 있었다. 그러다가 어느 날 생각해보니 내가 이 세상에서 '유일무이하게' 쓸 수 있는 글은 나의 가족 이야기밖에 없다는 데 생각이 미쳤다.

나의 외할머니는 나의 영웅이다.

나도 할머니가 되고 보니 나처럼 할머니를 생각하는 손녀를 갖는다는 것은 이 세상에서 그 무엇보다도 영광스러운 일임을 깨달았다. 태어나서 10년은 외가에서 살았고 고등학교를 졸업할 때까지 가까이서 살았지만 외할머니의 84년 긴 인생을 놓고 보면 43세부터 60때까지만 공유했던 셈이다. 나는 외할머니를 참 많이 모른다는 생각을 했다.

나의 손자를 포함한 손녀들에게 나의 선대와 내가 어떤 삶을 살았는지 보여주고 싶었다.

2019년 시월

| 차례

제2장 부모

제3장 형제

제4장 자손

제5장 인생공부

제1장

조상

우리 외할아버지

외할아버지는 일찍 부모님을 여의고 일제 강점기시대에 제주도 유일의 판사였던 형님 아래서 컸다고 한다. 형님이 이 막내아우를 얼마나 아끼셨는지 당신 아들은 데리고 주무시지 않아도 동생은 꼭 데리고 주무셨다고 한다. 형님은 외할아버지를 강원도로 일본으로 만주로 유학을 보내주셨다.

외할아버지의 실력이 어느 정도였느냐고 하면 한라산에서 자라나는 어떤 나무도 풀도 형태가 없이 뭉개고 비비고 갖다드려도 냄새만 맡고 척척 알아맞혔다고 한다. 가히 전설적이었다. 아마 그 시절에 제주도에서는 가장 공부를 많이 했던 분이 아니었나 싶다.

외할아버지는 농업고등학교 선생님이었고 해방된 뒤 일본 사람들이 다 떠나니까 교장선생님이 되었다. 당시는 교장직에 임기가 있었던 때가 아니어서 그랬는지 정년 때까지 하셨다. 그리고 제주대학이 생기니까 시간강사로 나가셨다. 말씀도 별로 많지 않으셨는데 연초에는 한 달 가까이 세배하러 오는 제자들로 붐볐다. 물론 진정한 의미의 스승과 제자가 있던 때였기도 하다.

할아버지의 제자 두엇이 서울대 농대에 가서 수학하고 나중에 서울대 교수들이 되었다. 어느 해에는 고향에 내려와서 그냥 논문만 쓰라고 그러면 박사 학위를 드리겠다고 하니까 "나 그런 거 필요 없다. 어디 예쁜 여자나 있으면 하나 소개하라"고 하셨다는 일화가 유명했다.

겨울에는 제자들과 한라산에 노루와 꿩 사냥을 다니셨다. 덕분에 우리는 겨울에 꿩 샤브샤브를 자주 먹었다. 노루 고기는 특유의 냄새가 있어서 숯불구이를 하거나 불고기를 했지만 맛있었다는 기억이 없다. 온갖 약재를 넣어서 고았을 때 온 집안에 냄새가 며칠 갔다는 기억뿐이다. 일본인들이 가장 좋아한다는 나라스케우메보시 락교를 손수 담가 드셨다.

내가 초등학교 6학년 때까지 외할아버지는 아들이 없었고 엄마는 세 딸 중 맏이였으므로 친정에서 사는 것이 당당했다. 나와 내 두 남동생도 그 일로 주눅이 든 적은 단 한번도 없었지만 문제는 외할아버지의 주사였다. 가끔 일어나는 일이긴 했지만 술을 정도 이상 마시고 들어오면 할아버지는 꼭 무엇인가를 집어던져 부셨다. 바깥채에서 그것도 한밤중에 들으면 꼭 폭탄이 터지는 소리

같아서 겁 많은 나는 공포에 떨어야 했다.

실험용으로 키우는 식물들도 많았고 당시 흔치 않았던 알로에, 제라늄, 베고니아 등 나로서는 이름도 다 알 수 없었지만 다른 집에서 볼 수 없던 화초들이 많았다. 그런데 그것들이 그냥 무더기로 초토화되는 것이었다. 놀랍게도 살림살이를 부순 적은 한번도 없었는데 할머니가 무서워서 그랬는지는 모를 일이다. 그런 공포의 밤에 나는 빨리 외가에서 독립했으면 하는 생각과 이 다음에 나는 절대로 술 먹는 사람한테는 시집 가지 않겠다고 맹세에 맹세를 거듭했다.

할아버지는 술이 깨면 스스로 주눅이 들어 죄지은 사람처럼 화분을 새로 사들여 식물들을 다시 심는 작업을 시작했다. 그럴 때의 할아버지는 어딘지 모르게 측은했다. 신기하게도 외할머니는 외할아버지의 주사에 대해 불평하신 적이 없었다. 엄마나 이모들은 그리도 원하던 아들을 못 낳아서 분풀이를 거기다 하신다고도 했고 어릴 때 너무 일찍 어머니를 여의어서 그 분노를 터트리는 것이라고 했다.

내가 초등학교 다닐 때 외할아버지는 환갑이 훨씬 넘은 나이에 작은할머니한테서 아들을 둘이나 얻으셨고 우리는 외가를 떠나 독립했다. 공교롭게도 외할아버지는 그 무렵 간이 안 좋다는 경고를 받았다. 그때부터 내가 대학교 2학년 봄 돌아가실 때까지 술을 단 한 방울도 마시지 않았다. 초등학교 다닐 때 외할아버지는 노상 작은할머니 댁에 가서 주무시고 아침 일찍 우리 집으로 오셨는데 작은할머니는 음식 솜씨가 없었기 때문이었다.

한때 〈미스 킴의 이중생활〉이라는 영화가 히트쳤는데 나는 속으로 '외할아버지의 이중생활'이라는 생각을 하면서도 누구한테도 그런 말을 하지 못했다. 외할아버지는 집안에서 절대 권력자였기 때문이다.

1960년대 제주도에서는 무슨 행사가 있으면 관덕정에 가설무대를 설치하고 모든 중 고등학교 학생들이 동원되었다. 내가 다녔던 신성여중고 교장선생님이었던 엄마의 사촌언니는 얼마 뒤에 국내 최초로 여성 교육감이 되었다.

그분 동생은 외할아버지 뒤를 이어 농업학교 교장이 되었다. 또다른 조카사위는 도의원이었다. 당시 제주시장은 외할머니 친정 조카였다. 이 분들을 위시한 유지들이 초빙되었는데 외할아버지도 단골이었다. 그런데 행사가 길어지면 외할아버지도 교육감님도 때때로 무대 위에서 졸았다. 친구들은 저분들이 나랑 무슨 사이인지 몰랐을 텐데도 나는 그것이 창피했다.

집을 떠나 대학에 가게 되었다고 인사드리러 갔을 때 외할아버지는 엄청 좋아하셨다. 그렇게 말씀이 없던 분이 말씀을 많이 하셨다. 외손녀이긴 했지만 맏손녀가 육지로 대학 가는 것이 정말 흐뭇하셨던 것 같다. 서울이라는 곳은 소매치기, 날치기가 들끓는 곳이니까 조심 또 조심하라고 주의를 주면서 서울에서는 나지 않는 귤을 들고 가라고 왕창 싸주셨다.

비행기가 없던 시절이었다. 배 타고 목포에 와서 기차 타고 서울 와 내렸는데 코트 포켓에 넣어두었던 1,800원이 없어졌다. 엄청 큰돈이었다. 기숙사 비가 3,500원 하던 때였다. 그때 비로소 할아버지의 충고가 무슨 뜻이었는지 알았다. 제주도에는 소매치기가 없던 시절이었다. 대학 1학년 여름방학에 내려갔더니 외할아버지가 예전 같지 않으셨다.

당시 제일 잘한다는 일식집에 가서 초밥을 그것도 겨자를 많이 넣고 해오라고 하셨다. 그러면서도 막상 드시면서는 매운 맛이 전혀 안 난다고 불평했다. 췌장암인데 그것도 그때 수준으로는 수술하기가 불가능한 부위였다.

이듬해 단오날 세상을 뜨셨다. 장례식 날에 외할아버지 제자들 수백 명이 조문을 왔다. 교육자와 공무원들, 그리고 공직에 계신 분들이 대부분이었다. 밥 나르는 심부름을 하면서 사람들이 하는 말을 엿들었던 기억이 난다. 앞으로 제주에서 이렇게 큰 장례식은 보기 드물 것이라고 했다. 정말이지 십수 개의 만장을 펄럭이며 상여를 메고 장지까지 걸어갔던 대규모 재래식 장례 행렬은 외할아버지가 마지막이었다.

우리 외할머니

1994년 여름, 그해 여름도 엄청 더웠다. 김정일 때문에 전쟁이 일어난다고 했던 해였다. 1981년 귀국한 뒤로 14년 동안 가보지 못한 미국에 안식년을 받아서 가게 되어 신이 났다. 살던 집을 전세를 줬으니 떠나기 전 며칠을 친정어머니가 혼자 사시던 여의도 백조아파트에 가서 짐을 꾸리고 있었다.

같은 여의도에 사시던 작은이모가 매일 보러 오셨다. 하루는 이모가 느닷없이 "하는 거 보니 너는 꼭 외할머니 닮았구나" 하셨다. 여러 가지로 칭찬도 많이 받아봤지만 내 인생 최고의 칭찬이었다. 외할머니라면 우리는 발뒤꿈치도 따라갈 수 없는 훌륭한 분이었기 때문이다.

나는 외가에서 태어났고 초등학교 6학년 때까지 외가에서 자랐다. 처음에는 목욕탕이 있었기 때문에 목간통이라고 불렀던 바깥채에서 살았는데 마당 한가운데에 또 하나의 초가집을 지어 거기서 살았다. 그때부터 밥도 따로 해먹었다.

외할머니는 노상 밭일과 과수원에서 키우는 여러 가지 야채, 그리고 닭과 개, 돼지들 때문에 바빴다. 그래도 부엌에는 아침마다 꼭꼭 여분의 잡곡밥을 가마솥에 넉넉히 해두었다. 된장국도 많이 끓였다. 그 시절 오라이라고 했던 윗동네에서 나무를 지고 와서 장에 팔던 아낙들이 언제든 들러서 점심을 먹고 가게 하기 위함이었다. 그 아주머니들이 우리 외할머니를 아는지 모르는지 모르겠지만 그렇게 밥들을 먹으면서 칭찬하던 말을 엿들었다. 이 집 자손들은 정말 잘될 거라는 덕담이었다.

외할아버지가 막내아들이어서 제사는 많지 않았다. 일년에 한 번이었다. 그래도 그 제사 명절날에 바빠지는 것은 일하는 언니보다도 오히려 나였다. 1,200평 정도 되는 과수원 주변으로 돌아가면서 6·25때 피난왔던 육지 사람들이 판잣집을 짓고 예닐곱 집이 살았다. 남자들은 대부분 일용직을 했고 여자들은 쌀로 풀을 만들어서 시장에 내다팔았다.

나물, 고기산적 그리고 야채전, 생선전은 물론이고 밥까지 배달해야 했던 나는 사실 무거웠다. 밥보다 쌀을 주면 될 것을 하는 생각이 들기도 했다. 외할머니한테 왜 밥까지 가져가야 하느냐고 쌀로 주면 안 되느냐고 물었다. "그 사람들은 쌀로 주면 풀을 만든다. 그러면 쌀밥을 먹어볼 수 없지…" 하셨다. 그 당시 제주도 사람들은 대부분 보리밥을 먹었다.

사실 그보다 더 어렸을 적 기억은 외할아버지가 제주도 최고학부였던 농업학교 교장선생님이었던 때 일이다. 해방이 되어 일본인들이 떠나면서 가장 공부를 많이 했던 외할아버지가 교장이 되었다. 개교기념일 행사 때문이라는데 며칠 전부터 깍두기를 드럼통으로 담갔다. 농업학교가 멀어서 내가 일하는 언니 등에 업혀갔던 기억이 난다. 학생 수가 200명이 넘는다는데 저녁을 먹여야 한다는 것이다. 우리 집 목욕탕만한 크기의 가마솥에 쌀밥을 하고 고기국도 끓였다. 한 사람씩 와서 식판을 받아가는데 어떤 학생이 외할머니한테 자기는 함덕 누구 아들이라고 인사를 했다. 외할머니가 이렇게 컸느냐고 엄청 반가워하시던 모습이 떠오른다.

내가 초등학교 3학년 때부터는 일하는 언니가 시집을 가버려서 연말에 도지사 댁으로 선물을 가져가는 일도 내 몫이 되었다. 지금 가보면 10분 거리지만 그때는 너무 먼 길이었다. 외할머니는 연말이면 그해에 수확한 귤 중에서 그것도 시장에는 안 나오는 종류로 최상품을 골라 갖다드리라고 했다. 그리고 꼭 사모님을 만나서 도립병원 뒤 교장선생님 댁에서 왔다고 말씀드려야 한다고 했다. 나는 낑낑거려야 할 만큼 무거운 귤을 들고 가면서 우리 외할아버지보다 높은 분은 도지사뿐인가보다고 생각했다.

외할머니는 독실한 불교신자였다. 사라봉 뒤에 있는 절에 다니셨는데 어느 날 새벽 4시에 떠나는데 같이 가자고 하셨다. 아무리 한밤중이라 해도 천하무적 우리 외할머니랑 가는 길은 조금도 무섭지 않았지만 달이 휘영청 밝았다. 엄마도 이모들도 제외시키고 이렇게 둘이 가는 길은 너무 좋았다. 예불을 하는 동안 졸았던 기억은 안 나는데 할머니는 그 후로 새벽에 가자고는 하지 않으셨다. 낮이나 저녁에는 여러 번 따라다녔다.

외할머니는 누구든 집에 오면 빈손으로 보내는 법이 없었다. 꼭 용돈를 주거나 과일이나 기타 먹을 것을 싸주거나 하셨다. 외할아버지는 월급을 작은할머니 생활비로 쓰니까 그야말로 한 푼도 내놓지 않으셨다. 과수원에서 키운 야채를 오일장에 들고 가서 팔 때도 있었다. 부자였던 병원이모는 용돈도 안 드리면서 오일장에 장사 나가서 자기를 창피하게 만든다고 야단쳤다. 할머니는 최대한 들키지 않으려고 변장까지 하고 갔다.

재일교포 조카가 인편으로 몰래 씨를 부쳐오면 할머니는 그걸 과수원에 심어서 씨를 받았다. 그리고 다음해 봄에는 그걸 집에서 팔았다. 외출하는 날에는 내가 안채를 지키면서 씨를 팔았다. 때로는 아무도 오지 않았고 와도 한두 사람뿐이었다. 지루했지만 외할머니를 위해서 뭔가를 할 수 있다는 것은 기분 좋은 일이었다.

외할아버지가 월급은 안 주셨지만 과수원에서 키운 과일들은 모두 외할머니 차지였다. 정년퇴임 후 제주대학이 생기면서 강사로 다니셨는데 그 일 외에는 대부분 과수원에서 나무 돌보는 일로

소일하셨다. 원래 과수원이 외할아버지 실험용이어서 무화과, 포도, 감, 사과, 배, 복숭아, 비파, 귤 등 여러 과일 나무들이 있었다. 같은 나무에 배와 사과가 달리기도 했다. 그래도 가장 많은 것이 귤나무였고 팔았던 과일도 귤뿐이었다. 지금 생각해보면 다른 과일들은 우선 제주 기후에 맞지 않았던 것 같기도 하다.

집을 떠나 대학 다닐 때였다. 방학 때 고향에 내려가 인사드리러 갔더니 공책을 한권 꺼내오면서 이젠 가계부를 써야겠다고 했다. 부르는 대로 적어넣으라고 하셨다. 그러면서 일주일에 한번 이상 와서 적어달라고 주문했다. 여러 가지를 적은 것 같은데 다음 주에 가고 또 그 다음 번에 갔던가? 그런데 글도 모르는 외할머니는 가계부에 적힌 모든 내용을 다 기억하고 있었다.

"할머니 머릿속에 다 있는데 가계부가 왜 필요해요?" 나의 이유 있는 항변이었다. 허허허 소리내며 웃더니 하기 싫어서는 아니지 하면서도 계속하자고 고집 피우지는 않았다.

어느 해인가는 두 아이를 데리고 제주에 내려가서 외할머니 댁에 묵은 일이 있다. 팔순이 넘으신 노인이 새벽에 일어나서 부엌에서 연기를 피우며 깨와 결명차를 볶고 계셨다. 우리한테 주기 위한 준비였다.

"할머니, 저도 이젠 그런 거 다 볶을 줄 알아요. 그냥 주셔도 되는데…."

"그러려고 조상 있는 거고 자손 있는 거다."

외할머니는 내가 살아가는 데 필요한 많은 것을 가르쳐주셨다. 그런 분을 조상으로 가졌다는 것이 평생 자랑스러웠다. 그리고 언제 어디서든 든든한 정신적 후견인이었다.

딱 한번 나를 때렸던 외할머니

내가 이 세상에서 제일 존경하는 분은 외할머니다. 외할머니는 23세에 첫 딸인 어머니를 낳고 어머니는 스물에 역시 첫 딸인 나를 낳으셨으니 43세 차이다. 요즘 같으면 어머니뻘 되는 사이다. 어떻게 생각하면 나는 두 분 어머니를 모시고 살았다고 해도 과언이 아니다.

어머니는 평생 외할머니 말을 잘 안 듣는 딸이었다. 어릴 적 수도도 전기도 없던 시절 '가락홋물'이라는 샘물에 가서 허벅으로 물을 길어다놓으라고 시키고 밭에 일하러 가셨다가 와보면 일을 해놓지 않고 있어서 매를 맞았다고 한다. 두 살 아래 둘째 이모는 자기가 물을 길어다놓겠으니 제발 언니 때리지 말라고 부탁했다고 한다. 언니를 때리면 외할머니 없을 때 자기가 맞는다고 하면서.

외할머니는 외할아버지가 키우는 온갖 종류의 과실수 아래에다 야채를 가꾸셨다. 할머니가 부추를 좋아하셔서 그런지 아니면 몸에 좋다고 해서 그랬는지는 모르겠지만 온갖 음식에 파 대신 부추를 쓰셨다. 내가 초등학교 4학년이었던 그해 가을에도 과수원에 부추를 새로 심은 지 얼마 되지 않아 10센티 정도 자랐을 무렵이었다. 학교에서 곤충채집 숙제를 내줬다고 잠자리를 잡아가야 한다면서 두 살 아래 남동생과 같은 반이었던 사촌 여동생이 친구들까지 데리고 와서 과수원을 누볐다.

잠자리를 쫓아다니느라고 할머니가 애지중지하는 부추밭을 초토화시킬 때부터 걱정이 되었지만 워낙 여러 명이어서 그리고 사냥꾼들 같은 그 기세에 눌려 말리지를 못했다. 외출했다 돌아오신 할머니가 그 광경을 보더니 내 등짝을 두 번 후리치셨다. 내가 그러지 않았다고 하니까 제일 위가 되어서 그것도 말리지 못했느냐고 했다. 나는 맞은 곳이 아파서라기보다 한 살 아래 사촌 여동생이 맞아야 하는데 내가 대신 맞았다는 생각에 툇마루에 앉아서 울고 또 울었다. 나는 울었던 것까지는 분명하게 기억이 났지만 내가 무슨 말을 했는지는 기억을 하지 못했다.

그리고 오랜 세월이 흘러 내가 초등학생이 된 큰아들과 세 살짜리 둘째아들을 데리고 제주에 있는 외할머니 댁으로 여름휴가를 갔을 때였다. 70대 후반이셨던 외할머니는 그때 심부름하는 아이를 데리고 사셨는데 그 아이를 자주 때리셨다. 야간학교에 보내고 있는데 가기 전에 해놓으라는 일을 하지 않고 게으름을 피운다는 것이 이유였다. 나는 그래도 때리지는 마시라고 했더니 "때리지 않으면 저년 사람 안 된다"고 하셨다.

그러면서 나도 선명히 기억하고 있는 내 어릴 적 얘기를 하셨다. 등짝 두 번 때렸다고 종일 우는데 "사촌동생 경희는 병원장 딸이어서 맨날 고기 사오고 맛있는 거 사 오니 안 때리고 같은 집에 사는 나만 때리니 나 억울해서 못 살겠다"고 종일 울더라는 것이다. 아무리 어린아이지만 무서워서 그 뒤로는 단 한번도 나를 때린 적이 없다고 했다.

근래 들어서 제주에 여행을 가면 B여행사 제주지점을 운영하고 있는 사촌동생 영미와 자주 어울리게 된다. 여행사를 하니까 정보도 얻어듣고 운전을 잘해서 차도 얻어 탈 수 있기 때문이다. 영미는 대학 다닐 때 외할머니와 살았다. H은행에 다니셨던 이모부가 서울 본사에 근무하게 되어서 다른 식구들은 모두 서울로 이사를 갔는데 영미는 제주대학에 다녔으므로 혼자 사시는 외할머니 집에 사는 것이 어찌 보면 당연지사였다.

그런데 영미는 의외로 외할머니를 아주 싫어한다고 했다. 영미는 거의 무일푼인 남자한테 시집 가서 빌딩을 올린 맹렬 여성이다. 열아홉 명의 외할머니 3세들 사이에서는 자수성가의 대명사다. 그런데 대학 시절에는 그렇지 않았던 모양이다. 외할머니는 늦잠 잔다고 때리고, 게으름 피운다고 때리고…. 아마도 심부름시키려고 데리고 사셨던 애한테 했던 것처럼 그렇게 사람 만들려고 그랬을지도 모르는 일이다. 그 얘기를 처음 들었을 때에는 너무 충격적이었다. 내가 가장 존경하는 외할머니가 어떻게 사촌동생한테는 가장 싫어하는 대상이 되었는지 이해가 되지 않았다.

벌써 이십여 년이 지난 외할머니 장례식에서 나만 울고 또 울고…. 멀뚱멀뚱하던 사촌동생 얼굴이 떠올랐다. 사촌동생이 내가 그리도 사랑하는 외할머니를 싫어했다는 사실이 너무 괴로웠다. 동일인물이 어떤 사람들에게는 좋은 사람으로 보이고 어떤 사람들에게는 나쁜 사람으로 보일 수 있다는 사실을 처음 안 것도 아니다. 그리고 그런 일이 가족처럼 아주 가까운 사이에서 더 잘 일어난다는 사실이 새삼스러운 것도 아닌데 며칠을 생각하고 또 생각했다.

내가 영미였으면 어땠을까? 나는 어릴 적부터도 아침형 인간이었다. 잠이 많아서 어른들이 '업어가도 모르게' 잔다고 하던 어린 시절에도 일찍 일어났다. 맏딸이어서 그랬는지 몰라도 어른들이 시키는 일을 하지 않는다는 것은 내게는 있을 수 없는 일이었다.

내가 잡으러 다니지도 않았던 잠자리 때문에 얻어맞은 일이 있긴 하지만 만약에 대학 시절 외할머니랑 단 둘이서 살았다고 해도 얻어맞지는 않았을 것 같다. 그렇게 생각하니 약간은 위안이 되었다. 어떤 상황에서도 나는 외할머니를 존경하는 사람이 되었을 것이기 때문이다.

너의 아방은 뱃놈 아니가

평소 안 자던 낮잠을 잔 탓인지 잠이 안 와서 자정 넘어서까지 텔레비전 채널을 돌리다보니 모 대학 심리학 교수가 〈한국인〉이라는 프로에서 열강하고 있다. 한국인 우리는 '착하다'는 것을 좋아한다. 그럼 착하다는 것이 무엇이냐? 평생 궁금했던 '착함'을 논하고 있었다. 잠이 번쩍 깼다. 나는 어렸을 적부터 착하다는 평을 넘치게 많이 들었기 때문이다. 심리학 교수의 정의는 '우리가 감정을 절제하고 표현하지 않으면 착하다'고 한다는 것이다. 화가 나서 뚜껑이 열리는 것은 착하지 않은 것이고 감정을 드러내지 않고 절제하면 착한 것이라고 한다.

초등학교 4학년 때다. 학기말에 선행상을 받았다. 초등학교에 들어가서 처음 받은 상이었다. 주니까 받긴 받아왔지만 아무리 생각해도 내가 왜 선행상을 받았는지 알 수가 없었다. 며칠 고민하다 혼자서 내린 결론은 선생님이 나를 예뻐하셔서 무슨 상이든 주긴 줘야겠는데 우등상을 줄 정도로 공부를 잘하지 못했으니까 주셨나보다.

심리학의 정의를 기준으로 생각하면 나는 열 살도 되기 훨씬 전부터 화내는 일이 없었고 감정표현을 잘하지 않았으므로 '착한' 사람이 맞긴 맞다. 상을 받을 만했다고 동의하지 않을 수 없다.

그 무렵부터였다. 외할머니는 내가 가장 존경하는 분이고 지금까지도 내가 살아가는데 필요한 것을 다 가르쳐주신 분이라고 생각한다. 그런데 아이러니컬하게도 나한테 직업의 귀천을 가르쳐 준 분도 외할머니다. 외할머니는 이모부를 병원장이라 부르면서 이모 부부를 자랑스럽게 여기는 것이 구구절절 보였다. 병원이모는 외할머니의 자존심이자 기쁨이었다.

우리 아버지를 언급할 일이 있으면 미안스러워 하면서 빙그레 웃는 얼굴로 "느의 아방은 뱃놈 아니가!"가 후렴이었다. 어딘지 모르게 비하한다는 느낌을 받게 되는 것은 외할머니의 애매모호한 미소 때문이었는지도 모르겠다. 마도로스는 무슨 유행가 가사에도 나오는 단어인데 사람들이 우리 아버지를 마도로스라고 했다. 그래서 나는 뱃놈이라는 단어와 마도로스라는 단어를 극단적으로 싫어했다.

하루는 이웃집에 사는 지호 아저씨를 집 앞에서 만났다. 어떤 아주머니하고 함께였다. 지호 아저씨는 당시 총각으로 도청 공무원이었는데 우리 어머니한테 가끔씩 책을 빌리러왔기 때문에 잘 아는 분이다. 외삼촌이 없는 나에게 외삼촌 같은 분이었다. 우리 어머니를 제주에서 책을 가장 많이 읽는 분이라고 추켜세웠던 것도 이분이다.

나를 가리키면서 "이 아이 아버지는 마도로스인데 외국 가는 배를 타고 있어서 안 가는 나라가 없죠"라고 자세히 설명하는 것이었다. 바로 이 마도로스라는 단어에 내가 걸려들었다. 뚜껑이 열린 것이다. "아저씨, 이 아주머니가 장모님이라도 되실 분이신가요? 왜 우리 아버지를 들먹거리시죠?" 우리 어머니의 기준으로는 어린아이로서 너무 건방진 발언을 한 것이었다.

이틀 뒤 날씨가 좀 추운 날이었다. 학교에 갔다 와서 안방으로 뛰어들어갔는데 어머니가 화가 나서 붉으락푸르락하고 있었다. 내가 어린아이로서 절대로 하면 안 될 말을 했다는 것이다. 겨울이라 방안에는 지금은 박물관에나 가야 볼 수 있는 세 발짜리 놋화로 위에서 두 되들이 노란 알루미늄 주전자에 물이 펄펄 끓고 있었다.

어머니는 분을 못이겨서 화로를 엎어버렸다. 놋화로에는 재를 어느 정도 담아서 숯불을 피운다. 놋화로만 넘어진 것이 아니라 주전자에 거의 가득 들어 있던 끓는 물과 잘 타던 숯과 재가 한꺼번에 방바닥에 쏟아지면서 온 방안이 난장판이 되었다. 순식간에 당한 일인데다가 너무 겁이 나서 눈물도 나오지 않았다.

평생 어머니한테서 받은 가장 큰 벌이었다. 가장 무서운 경고였다. 함구령이었다. 물론 그때 어머니가 어디에 가든 입을 닫고 있으라고 하지는 않았다. 하지만 세 발짜리 놋화로가 넘어지는 치욕을 당한 뒤로 나는 언제 어디서든 입을 열지 않는 사람이 되었다. 그 사건을 계기로 내가 깨달은 것은 집안에서의 아버지와 집 밖에서의 아버지의 위상은 달랐다는 사실이다. 지호 아저씨는 우리 아버지가 너무도 자랑스러워서 그 아주머니한테 설명을 한 것이었다는데 내가 너무도 당돌하게 덤비는 태도로 대꾸를 했기 때문에 당황했다고 한다. 내 태도 때문에 그 아주머니한테 창피했다는 것이다. 그 후로 휴가 때 아버지가 집에 오면 나는 아주 세밀하게 관찰하기 시작했다. 아버지는 자기 직업에 대해서 어떻게 생각하고 계실까?

중학교 때였다. 아버지가 집에 계실 때 학교에서 '가족사항 조사서'를 작성해오라고 했다. "아버지 직업란에 뭐라고 쓸까요?" 했더니 아버지가 '십핑 엔지니어shipping engineer'라고 쓰라고 했다. 다른 항목은 다 한글로 쓰면서 그 칸만 영어로 쓰기가 어색해서 '선원'이라고 썼다.

아버지는 자기 직업에 대해 자부심이 대단하고 당당했다. 단 한번도 힘들다거나 괴롭다는 말씀을 한 적이 없다. 물론 배에서 아랫사람들이 귀신이라고 할 정도로 기계에 관한 한 어떤 고장이

나더라도 고쳐내는 만능선수여서 그랬던 것만은 아니었다.

언젠가는 휴가로 집에 와 계시는 동안에 총선이 있었다. 친구가 국회의원으로 출마하는데 찬조 연설을 하러 간다고 정장을 차려입고 나가셨다. 밤 늦게 들어와서는 자기도 밥벌이만 문제가 아니라면 정치를 해보고 싶다고 했다. 우리는 약주를 하셔서 술주정을 하고 있다고 우스개로 들었다. 다음날 사람들이 아버지의 원고도 없는 연설이 출마자보다도 더 나았다고 했다는 소문을 듣고서야 단순한 술주정이 아니었구나 하는 생각을 했다.

'느의 아방은 뱃놈 아이가!' 하는 외할머니의 후렴 때문에 나는 말썽쟁이가 되면 절대로 안 되었고 착한 사람이 되었다고 생각해 왔다. 사촌동생이 말썽을 부릴 때에도 '그래, 너는 좋겠다. 말썽을 부려도 되니까'가 나의 반응이었다. 그런데 어젯밤 텔레비전에 나온 심리학 교수의 설명은 감정을 절제하면 착한 사람이라고 했다. 그럼 나는 어릴 때부터도 감정을 절제했기 때문에 착하다는 소리를 들어왔다는 건가? 스스로 이렇다 하게 절제하는 훈련을 한 적도 없는데…. 어떻게 보면 뚜껑이 잘 열리지 않는 것은 타고난 것 같은데….

그럼 나는 칭찬도 아닌데 칭찬으로 듣고 살아왔다는 거야? 밤 늦게까지 잠이 오지 않는다.

아이쿠 할머니 내 새끼

지난 1월 말에 다녀오고 아기를 봐달라고 해서 7월 9일 미국에 또 들어갔다. 반 년이지만 아이들은 너무도 빨리 자라기 때문에 기대가 컸다. 손녀들이 빨리 커버리는 생각을 하면 시간 가는 것이 너무도 아쉽다. 마침 토요일이라 막내가 공항으로 마중을 나와서 큰아들네 집으로 들어서는데 대문 열고 나오던 큰 손녀가 "아이쿠 할머니 내 새끼!!" 한다. 남편과 아들들은 재미있다고 웃어대는데 나는 웃을 수만은 없었다. 깜짝 놀랐다고 해야 맞다. 내가 손녀들을 만나면 "아이쿠 내 새끼!" 한다는 사실을 처음으로 깨달았기 때문이다. 내 스스로가 그 말을 먼저한다는 사실을 정말 몰랐었다.

열 살짜리 큰손녀한테 '내 새끼'가 무슨 뜻인지 아느냐니까 모른다고 했다. 갑자기 그 말을 내게 전수한 친할머니 생각이 난다. 180이 넘는 키에 기골이 장대한 할아버지에 비하면 150센티도 안 되는 단신의 할머니는 외관상으로는 짝이 안 맞는 커플이었다. 나는 장남인 아버지와 장녀인 어머니 사이에서 태어났기 때문에 어디서도 맏손녀였다. 어머니는 무슨 일로 할머니랑 틀어졌는지 모르지만 친정살이를 하고 있었기 때문에 제사나 명절 때가 아니면 조천에 있는 시댁에는 신경을 끄고 살았다.

그러다가 내가 중학생이 되니까 그마저도 몰라라 하고 두 남동생을 데리고 우리끼리 다니게 했다. 할머니 집 올레에 들어서면 그때 이미 뻬정다리가 된 할아버지는 앞마루에 앉아계시고 할머니가 뛰쳐나오면서 "아이쿠 내 새끼!!" 하며 매번 반겨주시는 것이었다.

그러나 할머니의 후렴인 '평생 돈 한 푼 안 벌어다준' 할아버지가 문제였다. 서울 가서 유학까지 했다고 알려져 있고 조천면에서는 면장을 불러다 일 제대로 하라고 야단칠 수 있는 사람은 우리 할아버지가 유일했다고 한다. 더구나 당시 조천리 사람들은 붓글씨 쓸 일이 있으면 다들 할아버지한테 달려왔고 재일교포 친척들의 편지를 읽어달라고 또는 써달라고 가져오기도 했다.

그래도 제주대학이 생기기 전 최고학부였던 농업학교 교장선생님인 외할아버지에 비하면 수입이 없었다. 할머니의 후렴은 그걸 빗댄 야유였는지도 모르겠다. 아니면 경제개념이 없었던 어머니에 대한 비아냥거림이었는지도 모르겠다. 할아버지는 귀향간 양반의 자손이었는데도 당시는 장자 상속이어서 큰할아버지가 부자였다. 어느 정도 부자였는지는 모르겠지만 조천면 통틀어서 단 하나였던 기와집 주인이었다. 할머니는 무남독녀였으므로 친정 재산을 통째로 물려받았다.

할머니가 주업으로 했던 양파농사의 규모는 대단했다. 양파 값이 올라야 부산으로 내다판다고 하면서 수확한 양파를 집 마당에 움막을 지어놓고 저장하는 것도 모자라서 면사무소 앞마당을 빌려 거기다 움막을 두세 개씩 지어서 양파를 채워넣고 겨울을 기다렸다. 양파뿐만 아니라 집에서 먹을 보리를 위시한 곡식은 물론 온갖 야채도 다 키우셨다. 사실 할머니가 스스로 밭일을 하고 풀을 뽑는 모습을 본 일은 없었고 노상 일꾼들 점심과 새참 준비로 분주하셨다.

할머니는 아들만 넷을 두었는데 아래 두 삼촌은 일제시대 때 오사카에 가서 사는 동안 낳았다. 일본서도 무슨 일을 그렇게 했는지 해방이 되어 고향으로 돌아올 때 배를 전세 내서 물건을 실었다고 한다. 그런데 어머니 말로는 돈복이 없는 양반이라 배가 전복되어 거기서 모은 재산을 한순간에 다 잃으셨다고 한다.

나는 우리 아버지가 일본 오사카 제일중학을 나오고 학비를 안 내도 되므로 들어가기가 하늘의 별 따기였다는 고베상선학교에 다니셨는데도 고향으로 돌아온 이유가 장남이었기 때문이라고 얘기하기를 좋아했다. 삼촌들이 다 잘 나가는 재일교포였으니까. 그러나 사실은 조금 다르다. 일본이 패망하고 운동장에 모였는데 단 하나였던 한국 사람이었고 유일하게 울지 않았던 아버지는 그 날로 학교에서 쫓겨났다고 한다.

고베상선에서는 적국의 언어도 잘 알아야 한다면서 영어를 많이 가르쳤다고 한다. 오사카 집에 온 아버지는 놀 수 없어서 세 사람 뽑는 통역관 시험을 봤는데 우수한 성적으로 합격을 했다. 얼마 안 가 한국 사람이라는 게 탄로나서 감옥에 가게 되었고 그로 인해 조국으로 송환되었다. 그래서 아버지는 부모가 계신 고향으로 돌아오게 되었다.

아버지는 고베상선을 졸업하지 못했으므로 서울대 공대 기계과에 편입했으나 학비가 아까운 할머니 때문에 학업을 계속하지 못했다. 어머니는 그 일로도 할머니를 맹비난했다. 고베상선에 비하면 배울 게 많지 않았다는 얘기도 얼핏 했지만 양주동 박사에게 국어를 배웠다는 말씀은 자주 했었다.

할머니와 어머니의 갈등은 아버지가 대한해운공사에 취직해 월급이 많아지면서부터가 아니었나 싶다. 할머니가 제주시에 있던 우리 집에 오지 않는 이유는 "돈 쓰는 것을 신문지 쓰듯 하는 너희 집에는 가기 싫다"였다. 제주시에 볼 일이 있어서 오셨다가 길에서 우연히 만나게 되었던 적이 있다. 왜 우리 집에는 들르지 않느냐고 다그치는 내게 하신 말씀이었다.

주변 사람들에 비하면 아버지 월급이 많았지만 우리 어머니 씀씀이로는 돈이 항상 모자랐다. '평생 돈 한 푼 벌어다준 적이 없는' 할아버지를 모시고 살아온 할머니한테는 그렇게 보일 수도 있었겠다는 생각이 들었다. 그래도 할머니는 해마다 보리와 차조 같은 곡식을 일 년치 장만하여 우리 집으로 직접 가져오거나 보내셨다.

나는 할머니를 좋아했다. 사이 나쁜 어머니가 맘에 걸리긴 해도 그런 할머니가 늘 자랑스러웠다.

벌써 오륙 년 전의 일이다. 미국에 가서 큰아들네와 저녁을 먹으러 나갔는데 며느리가 느닷없이 두 분은 언제 제일 사이가 나빴냐고 물었다. 너무도 급작스런 질문이라서 말이 막혔지만 가만히 돌이켜보았다. 남편이 돈 실수를 했을 때였다고 대답하니까 며느리가 동감이라는 듯이 끄덕였다.

평생 동안 월급 한번 떼먹은 일이 없는 남편도 돈 실수를 했을 때 그렇게 미웠는데 평생 돈 한 푼 벌어다준 일이 없는 남편을 하늘같이 모시고 산 우리 할머니가 지금에 와서 더 더욱 존경스럽다.

야쿠자를 이겨낸 막내 숙부

작년 추석에 셋째 동생이 막내삼촌을 만나러 도쿄에 다녀오겠다고 했다. 삼촌이 몇 해째 건강상의 이유로 한국에 나오지 못하신다는 것이다. 동생의 속셈은 제주도 조천에 있는 친할머니의 집을 삼촌이 상속 받았는데 혹시나 자기가 물려받을 수 있을까 해서 간 것이 아닐까 싶다. 물론 그것은 아직도 정정하신 큰할머니의 아이디어이기도 하다.

삼촌은 딸만 둘인데 두 딸이 모두 일본인과 결혼했고 거부는 아니지만 재산가로 알려져 있다. 친할머니는 아들을 넷을 두었다. 우리 아버지가 장남이다. 둘째삼촌은 아오모리에 사시다가 39세에 위암으로 돌아가셨다. 셋째삼촌은 도쿄에 사시다가 40에 심장마비로 돌아가셨다. 막내삼촌이 79세로 유일하게 살아계시다.

셋째삼촌과 막내삼촌은 일본 오사카에서 태어났다. 일제 치하에서 조부모님은 오사카에 살다가 해방이 되어 들어오면서 아래로 두 삼촌을 데리고 들어왔다. 셋째삼촌의 얼굴은 뚜렷하게 기억이 나지만 같이 뭔가를 했다는 기억은 전혀 없다. 돈이 없어서 대학에 가지 못한다는 이유로 고등학교 졸업과 동시에 일본으로 밀항했기 때문이다. 밀입국을 했어도 영주권을 받는 데 무리가 없었던 것은 오사카에서 태어날 때 받아준 산파가 증언해주었기 때문이라고 한다.

나보다 여덟 살 위인 막내삼촌은 제사나 명절 때 나와 동생들이 조천에 가면 우리를 바닷가에 소라, 게, 보말(고동)을 잡으러 데리고 다녔다. 걸어서 5분 거리 바닷가에서 뭘 잡는다기보다 주었다고 해야 맞는 표현일 것 같다. 친구네 고깃배에도 태워주곤 했다. 전기가 들어오기 전이어서 제삿날에는 석유 등잔을 여러 개 켰어야 하는데 삼촌은 석유 등잔에 꽂는 호야(유리통)를 닦는 선수였다. 어떻게 저렇게 얇은 유리통을 그렇게 깨끗하게 잘 닦는지 옆에서 구경하는 나는 곧잘 감동받곤 했다.

고등학생이었던 삼촌은 활발했다. 크리스마스 때 조천 마을회관에서 행사를 하는데 나보고 앞에 나가서 노래를 부르라고 했다. 제주방송국 어린이합창단 멤버였으니까 노래를 부르기는 하겠지만 무대 위에서 난생 처음 독창을 한다는 것이 부담이었다. 반주도 없이 부르라고 하니 음정이 틀릴까봐 걱정이 되었다.

"둥근 달 밝은 달 어디까지 가나? …" 하는 〈등대〉라는 노래였다. 마이크 덕분에 효과가 좋았다. 사람들이 생각보다 많이 왔고 의자도 없이 멍석 위에 줄지어 앉아 있었지만 모두들 즐거워했다. 삼촌은 자기가 사회도 보지 않으면서 어디서인지 밴드까지 불러오고 그 쇼의 기획자같이 행동했다.

다음해 어느 날 삼촌이 없어져버렸다. 의과대학에 합격했는데도 돈이 없어 못 다니게 되니까 일본으로 갈 수밖에 없었다. 삼촌은 도쿄에서 중국집 알바를 하면서 대학을 졸업했다. 사실 어릴 때 이후로 삼촌을 처음 뵌 것은 친정어머니가 돌아가셔서 오셨을 때였다. 발인하는 날 거의 시간이 다 돼서 나타난 나를 여자가 일찍, 일찍 다니지 못하고 늦게 왔다고 야단쳤다. 아이들을 학교 보내고 오느라 늦을 수밖에 없었다고 변명은 했지만 야단치는 삼촌이 옛날 내가 아는 그분 같아서 너무 좋았다.

초등학교 6학년 때 헤어진 삼촌을 오십이 다 되어가는 나이에 만난다는 것은 정말 감회가 깊은 일이었다. 장례하는 날 가족묘지인 산소에서 어릴 적 얘기도 했다. 할머니가 막내삼촌보다도 아버지를 더 예뻐하셨다는 것도 처음 알았다. 삼촌은 아버지가 할머니의 사랑을 가장 많이 받은 것에 대해서도 상당히 너그러웠다.

"우리는 어머니가 형님을 아끼는 것을 당연한 것으로 여겼다"가 할머니의 편애를 설명해주는 한마디였다.

나한테는 한 씨들이 살이 너무 찌는 체질이라고 하셨다. "네가 태어났을 때 우리는 김지미가 태어난 줄 알았다"고 회상하면서 '5킬로만 빼라'가 충고였다. 사실 아버지 형제들이 체구가 크고 비대했던 데 비해 삼촌은 할머니를 닮아서인지 키도 작고 체구도 크지 않았다. 그래서 장수하시는 건지도 모른다는 생각이 들었다.

기회가 있을 때마다 여러 번 당시 제주도 국회의원 현 아무개가 고등학교 때 아주 친했던 친구라고 하면서 자기보다 공부를 잘하지 못했다고 강조하는 것이었다. 나는 속으로 우리 삼촌도 일본 안 갔으면 국회의원쯤은 됐다는 얘기인가 생각하지 않을 수 없었다.

삼촌은 파친코를 해서 돈을 많이 벌어 도쿄 외각에 빌딩을 올렸다는 사업가다. 그런데 새끼손가락이 한마디까지 잘려나가 없었다. 어릴 적에는 시골 가면 삼촌 방에서 같이 잤기 때문에 그러지 않았다는 것을 알고 있었다. 나도 모르게 자꾸 시선이 가니까 야쿠자들이 하도 성가시게 굴어서 말 잘 듣겠다고 맹세하는 징표로 새끼손가락을 잘랐다고 설명했다.

몇 년 전에 서울에 나온 삼촌한테 내가 알고 있었던 얘기가 사실이었는지 확인하고 싶어서 왜 일본에 갔느냐고 물었다. 대학을 안 나오면 직장이 없는 때였으니까 할머니가 여기서 뭘 해먹고 살 거냐며 일본으로 가라고 하셨다는 것이다.

"네가 딸이면 내가 늙었을 때 내 사루마다(팬티)라도 빨아주겠지만 네가 여기서 뭘 하겠느냐?"고 하셨다 한다.

우리 동네 목동을 둘러보면서 자기는 일본에서 잘 사는 동네에도 다 가봤지만 여기처럼 잘 살지 않는다고 했다.

동생이 도쿄에 가서 삼촌이랑 디즈니랜드에 간 사진을 보내왔는데 들리는 소문과는 다르게 건강해보였다. 숙모님은 삼촌이 아직도 약주를 너무 하신다고 걱정이라고 한다.

동생은 삼촌한테 대접은 너무 잘 받았지만 조천 집에 대해서는 바늘도 안 들어가더라는 얘기를 했다. 할머니의 친정인 백 씨네한테서 그 집을 매입했다고 하는 엉뚱한 스토리를 풀어 놓으면서….

“우리 할머니 무남독녀였는데 백 씨는 어느 백 씨네?” 그게 나의 반응이었다. 어찌 됐건 셋째동생이 그 집에 대한 미련을 버리게 되었다는 점에서는 좋은 방문이었다고 하지 않을 수 없다.

제2장

부모

외항선원 우리 아버지

아버지는 결혼할 때에는 농업학교 선생님이었지만 내가 태어날 무렵부터 배를 타셨다. 처음 10년은 대한해운공사 배를 타셨으니 일 년에 서너 번씩 집에 오셨다. 일본 동양선박주식회사 Eastern Shipping co.로 옮기신 뒤로는 한해에 40일이 휴가였다.

아주 어렸을 적의 아버지 모습은 해운대 해수욕장에서 엄마가 두 살 아래 남동생을 안고 앉아 계시고 내가 그 옆에 서 있었는데 아버지가 나를 놀라게 하려고 바다 속에 머리를 담그고는 오래 버티시던 장면이다. 처음에 아버지가 물에 빠졌나 겁이 났지만 여러 번 반복되니 서너 살짜리 어린 나로서도 장난이었음을 금방 알아차렸다. 어머니가 부산에서 자리를 잡아볼까 하고 간간히 들락거리던 때의 일이다.

집을 떠나 계시던 아버지가 그리워서 오면 반갑게 안겨야지… 하면서도 막상 아버지가 나타나면 무섭고 너무 서먹서먹해서 가까이 다가갈 수 없었다. 그것이 조절이 안 되어 아버지한테 미안했지만 나로써도 어쩔 수 없었다.

초등학교 3학년 때였다. 집에 온 아버지가 친구 분과 약주를 하고 들어오신 날이었다. "아버지가 말이다 흑흑, 중학교 때 전교 일등 했다고 구두를 사줬는데 3일 신으니까 못이 나와서 흑흑 신을 수가 있어야지! 흑흑" 하며 울고 계셨다. 그날 처음으로 아버지가 주정을 하는 것을 목격했다. 그러고도 여러 번 똑같은 주정을 보았던 것 같다.

"나는 말이다. 나는 절대로 곰방대에 담배를 붙여 물고는 아들이 갖다주는 용돈을 기다리는 그런 인생은 안 살아!" 조금 더 도수가 높아지면 거기까지 간다. 술을 안 드셨을 때에는 단 한번도 입에 올리는 일이 없던 할아버지에 대한 불만이 터져나오는 것이었다. 그래도 그 당시에는 너무 어려서 우리 아버지가 왜 그러시는지를 알 수가 없었다.

일제시대 때 시골 부자는 양조장집이라고 한다. 지금 생각해보면 양조장집 아들로 태어나서 의과대학을 다닐 수 있었던 동갑짜리 동서와 비교되는 자기 자신에 대한 비애였는지도 모르겠다. 이모네 집에 다녀오시고는 "꼭 미국 공항 갔다가 김포공항으로 들어온 것 같다"고 이모네 집과 우리 집을 비교했다. 그리고 우리를 데리고 친할아버지가 사시는 조천으로 인사드리러 갔다. 우리는 아버지가 오신 것에 기가 살았다. 뭔지 모르지만 신이 났다.

보통 때 어머니는 아버지가 늘 집을 비우는데 우리가 하시라도 어디 가서 버릇없다는 소리를 들을까봐서 우리를 지나치게 엄하게 다스리셨다. “절대로 호래자식 소리를 들으면 안 된다”가 가훈이었다. 그때 고등학교 졸업반으로 형이 의과대학 보내주기를 기다리던 막내삼촌이 우리를 버릇없다고 했다. 아버지가 그렇게 화를 내는 것을 처음 봤다. 신고 계시던 구두를 벗어서 삼촌을 무자비하게 흠씬 패주는 것이었다. 아버지는 원래 ‘사람 좋은’ 사람이어서 누구를 때린다는 것은 상상할 수도 없는 일이었다.

나와 내 동생은 삼촌한테 너무 미안했다. 방에도 마루에도 있을 수가 없어서 부엌으로 기어들어갔더니 이젠 할머니가 화가 나 있었다. 죄 없는 아궁이의 장작들을 괜스레 부러뜨리면서 집어 던지시면서 너희 둘이 과하게 까불지 않았느냐는 것이다. 막내삼촌은 잘못이 없다는 것이다.

돌이켜보면 어머니가 아들 없는 집에 장녀라서 당당하긴 했지만 처가살이 하는 자기 자신도 싫은데 동생을 의과대학에 보내야 한다는 무언의 압력을 보내는 부모님에 대한 분노도 있지 않았을까 하는 생각이 들었다. 아버지는 “대를 바꾸면서 나아져야 한다”는 것이 모토였다. 이 나이까지 살아보니까 대를 바꾸면서 나아진다는 것이 얼마나 어려운 일인지 실감한다.

어느 해에는 여름휴가 나오셨는데 케네디 대통령 취임 연설이 들어 있는 레코드판을 틀어놓고 여러 번 반복해서 들으시는 것이었다. 그러더니 휴가가 채 끝나기도 전에 다 외우셨다. 특히 "Ask not what your country can do for you, Ask what you can do for your country(조국이 여러분을 위해 무엇을 할 수 있을지를 묻지 마십시오. 여러분이 조국을 위해 무엇을 할 수 있을지를 물으십시오)"라는 구절을 좋아하셨던 기억이 난다.

그런 긴 연설문을 외우겠다는 시도도 노력도 전혀 하지 않는 내 자신이 참으로 한심스러웠다. 그나마 아버지가 물어보는 영어 단어 뜻을 대답하지 못한 적이 없어서 정말 큰 다행이었다. 아버지는 중학교 때 전차를 타고 학교로 가면서 영어 책을 다 외우셨는데 더 이상 외울 것이 없어서 출판사와 저자 이름 같은 것도 다 외웠다고 했다. 과장이 아니었다.

오사카 제1중학 시절 일본놈 다 제치고 1등을 해서 교포사회에 모르는 사람이 없을 정도였다고 한다. 경쟁하던 일본인은 제일 들어가기 어렵다는 도쿄대학 의대에 갔다고 말씀하는 표정이 자기도 갈 수 있었을 거라고 하는 뜻이 분명했다. 그럴 때 아버지가 불쌍했다.

그러나 아버지는 학비도 기숙사도 공짜였던 고베상선학교에 한국인으로는 단 한 명 들어갔다. 처음에 들어가니까 성적순으로 자리를 배치해서 중간 정도에 앉았다고 하는데 시험을 볼 때마다 앞자리로 나아가는 재미가 있었다고 한다. 늘 배가 고파서 집에 오면 할머니가 닭을 삶아주었는데 함께 먹을 사람이 없어서 운동장 한 구석에다가 묻어놓고는 한밤중에 일어나 꺼내 먹었다는 말씀도 하셨다.

맨 앞자리로 가기 조금 전에 해방이 되어 학교에서 한국인이라는 이유로 쫓겨났다고 한다. 퇴교 당한 일보다도 거기서 1등을 해보지 못한 것이 더 아쉬웠던 것처럼 말씀하곤 했다. 아버지는 다른 사람들보다 일찍 외국 물을 먹어서 아이를 많이 낳는 것이 얼마나 돈이 많이 들어가는지 아셨다고 한다. 처음 결혼할 때에는 셋만 낳으리라고 생각했는데 엄마가 도망가버릴까 낳고 하나 더 낳고 해서 여섯이 되었다고 했다. 그래서 아래로 셋을 잉여농산물이라 불렀다. 두 남동생과 나는 우리보다 잉여농산물이 더 낫다고 농담하곤 했다.

1978년 내가 대학원에 진학하겠다고 했을 때 아버지는 엄청 반대하셨다. '학자라는 것은 고목에 물을 주면서 키우는 것과 같다'고 했다는 어느 일본 노벨수상자 부인의 말을 인용하면서 반대했다. '너보고 살림하라고 했지 누가 나가서 설치라고 했느냐'는 비난이 구구절절 들어 있었다.

평생 남이 하지 않는 새로운 사업을 시도하면서 번번이 망해서 당신을 힘들게 했던 어머니를 생각하고 그렇게 반대하셨는지도 모르겠다. 아버지는 퇴직하던 이듬해에 둘째아들 결혼식을 보러 제주에 가셨다가 뇌출혈로 쓰러지셨다. 중풍이 온 것이다. 다른 사람들 같으면 스스로 회복하려고 무진 애를 쓰는데 아버지는 털끝만큼의 노력도 하지 않으셨다.

젊으셨을 때 취중에 하신 맹세처럼 "자식들이 돈 가져오길 기다리는 인생은 안 살아!" 하던 염불처럼 그렇게 3년을 못 버티고 59세에 세상을 떠나셨다.

엄마의 첫 번째 사업 실패

어머니가 제주고녀를 졸업하고 사범학교 전신이었던 교원양성소를 마칠 때 성적 우수자 세 명이 사진관에서 찍은 사진이 앨범 속에 끼어 있었다. 다른 두 명은 남자였다. 어머니는 초등학교 교사가 되었는데 2년도 못 가서 결혼과 동시에 사직서를 제출했다고 한다. 당시에는 주부들이 직장에 나가던 시절이 아니어서 다들 그랬으니까 따라했다는 설명이었다.

그러고도 10년 이상 친정에 살면서 남동생들을 세 명이나 더 낳았다. 당시 아버지는 대한해운공사 배를 타셨는데 국내선을 타서 그랬는지 인천과 부산, 목포를 자주 다녔고 집에도 자주 오는 편이었다. 동네에 버젓한 직장을 갖고 있는 사람들도 많지 않았던 시절이었는데도 어머니는 아버지 월급으로 수지가 맞지 않아서 늘 돈에 대한 갈증이 있었던 것 같다. 아니면 제주에 의사가 셋뿐이었던 당시 이모부 수입에 비해서 아버지 월급이 너무 적다고 생각했던 것일까?

그러던 어느 날 어머니는 사업을 시작하겠다고 선포했다. 그것도 보통 사업이 아니라 제주에서는 아무도 시도해본 일이 없는 바bar를 한다는 것이었다. 어떤 연유로 알게 된 사이인지는 모르지만 김 영감이 누군가가 시작하면 틀림없이 잘 될 것이라고 장담하셨다는 것이다. 어머니는 그분을 멘토mentor로 생각했음에 틀림없다.

무조건 사업하는 것을 반대하는 외할머니한테는 원수나 다름없는 그분이 어인 일인지 우리 집에 오셨던 모습을 지금도 기억하고 있다. 외할아버지 나이 또래였는데 키도 작고 볼품 없는 평범하기 그지없는 노인이었다. 장소는 관덕정에서 걸어서 10분도 안 걸리는 남문로에서 우리 집으로 들어가는 골목 초입에 있는 단독건물이었다. 그 건물은 어머니 사촌오빠 소유였는데 탁구장을 하고 있었다. 사촌오빠를 어떻게 설득했는지 모르지만 주변 반대가 무성한데도 어디서 어떻게 자금을 조달했는지 내부 수리가 한창이었다.

외할머니와 이모가 내막을 아는지 모르는지 모이기만 하면 안 되는 사업을 벌이고 있다고 흉을 봤다. 그럼에도 불구하고 외할머니도 이모 두 분도 어머니의 사업 시도를 말리지 못했던 일은 지금 생각해도 불가사의하다. 그 얼마 전에 집에 수도가 들어왔는데 동네에 수도를 놓지 못한 이웃들이 물을 받아가려고 아침마다 오는데 그분들도 엄마가 시작하는 사업에 대해 아는 바도 없으면서 우호적이지 않았다. 사서 고생이라는 식이었다.

그래도 나는 어머니가 하는 일이라 그런지 호기심이 발동했다. 어느 날 혼자서 큰 맘 먹고 구경을 가보기로 결정했다. 건물 안에는 여러 명의 목수들이 일하고 있었고 페인트 칠을 하는 인부도 있었다. 어머니는 목수들에게 일을 시키고 있다가 내가 들어가 기웃거리는 모습을 보더니 화를 내기 직전의 얼굴이 되었다. 당시 초등학교 4학년이었던 나한테 아이들은 이런 곳에 오면 안 된다고 하면서 절대로 다시는 오지 말라고 하셨다. 왜 오지 말라고 하는지 이유를 모르는 일이었지만 나는 그 후로 단 한번도 가지 않았다.

그때에는 외할머니나 이모뿐만 아니라 거의 모든 제주 사람들이 바와 카바레가 무슨 차이가 있는지 모르던 시절이었다. 이름을 〈남궁 빠〉라고 지었는데 춤을 출 수 있는 홀이 가운데에 자리하고 있다고 했다. 댄서들도 있었다는데 월급 줄 걱정을 할 때도 댄서들 월급은 걱정하지 않았던 것 같다. 어디서 그렇게 많은 보이들이 몰려들었는지 재울 곳이 없어서 우리 집에까지 재워야 했다. 외할머니가 이건 아니라고 하면서 닦달을 하는 바람에 일하는 사람들은 일주일이 안 가서 모두 방을 얻어나갔다. 방세도 엄마가 내줘야 한다고 했다.

개업하는 날부터 손님들이 얼마나 많이 오는지 우리는 금방 떼돈을 버는 줄 알았다. 아마도 제주시의 식자들은 모두 다 한번은 구경삼아서라도 다녀가지 않았나 싶다. 주방에는 주방장이 있어서 주로 안주를 준비해 내보낸다는 얘기도 들었다. 영업은 오후에 시작하고 아마 여섯 시 정도가 아니었을까 싶지만 통행금지가 있던 때여서 11시에 문을 닫아야 했다. 제주에 대중교통이 발달하지 않았던 시절이어서 손님들은 모두 걸어서 귀가해야만 했다.

영업은 잘 된다고 하는데 어머니는 돈을 들여오기는커녕 어디 가서 어떻게 돈을 더 빌리나 궁리하느라 잠을 못 주무시는 것 같았다. 문제는 외상값이라고 한다. 손님들의 반이 외상을 달아놓는데 도무지 줄 생각도 하지 않고 다시 오지 않는 사람도 많다고 했다. 어디서 들었는지 외할머니는 월급날 직장으로 가면 외상값을 갚아준다는데 어머니가 어디 한 건이라도 가서 돈을 받아올 주변머리가 되느냐고 맹비난했다.

그러면서 '무슨 술집이냐고…' 외할머니는 바나 카바레라는 단어를 쓰지 않고 노상 술집이라고 하셨는데 술집은 아무나 하느냐고 술집에서 일하면서 자란 여자들이 하는 거라고 했다. 외할머니는 엄마의 어느 구석이 그렇게 무서웠는지 앞에서는 아무 말씀을 못하고 바깥채에 들어와 살며 일을 도와주던 모커레 할머니한테 푸념을 늘어놓는 것이었다.

나는 점점 엄마가 하는 일이 불안해지기 시작했다. 그러면서 엄마 눈치를 더 살피게 되었다. 아버지는 엄마가 사업을 시작할 때 잘해보라고 후원하겠다고 했다 한다. 지금 돌이켜보면 처음 시작할 때의 자금도 아버지한테서 나오지 않았나 싶다. 사업은 채 일 년도 못 가서 자금난으로 망했다. 손님 없다는 얘기는 들어보지 못했지만 외상값을 받지 못해서 문을 닫는다는 것이었다. 더구나 빚을 쓰니까 이자가 무섭다고도 했다. 엄마는 사업 실패로 거의 환자가 되다시피 했고 빚쟁이들을 피해 친구 집에 숨어서 시간을 보냈다.

아버지가 오셨는데 부부 싸움 한번 하지 않고 대한해운공사를 사직하겠다는 결단을 내리셨다. 퇴직금으로 빚을 갚는다는 것이다. 아버지는 결혼한 뒤에 대한해운공사에 들어갔기 때문에 재직 기간이 10년도 채 되지 않았던 때였다. 그런데 정말 퇴직금으로 빚을 거의 다 청산했다.

아버지는 일본에서 오사카 제1중학교를 나오고 고베상선에 다녀서인지 곧 연봉이 훨씬 더 많은 일본 회사에 취직이 되었다. 나중에 내가 좀 더 컸을 때 엄마한테 왜 하필 바였느냐고 차라리 신발가게나 양말가게를 하지 그랬냐고 따졌던 적이 있었다. 그랬더니 자기 눈에는 너무 많은 신발가게, 양말가게들이 있었고 남들이 안 하는 거 하면 돈을 벌 수 있을 줄 알았다고 했다.

내 나이 열 살, 어머니 나이 서른 살 때 일이다.

세 번의 실패를 겪었다 고백한 어머니

엄마는 말년에 자기는 크게 세 번의 실패를 겪었노라고 하셨다. 사실 나는 열여덟에 대학 간다고 집을 떠났고 스물넷에 결혼해서 유학생 남편을 따라 미국에 갔기 때문에 엄마의 여러 실패 중에서 어느 것이 세 번에 속하는지 아리송해지곤 한다.

엄마는 귤과수원을 판 뒤에 한동안 밤나무를 심는 데 열을 올리고 있었다. 과수원에 대한 미련이 있긴 있어서였을까? 국유지를 개간하여 나무를 심어서 10년이 되면 불하받게 해준다는 정부 방침을 따른 것이었다. 무려 10만 평 가까운 땅을 확보하고 있었다. 나는 밤나무숲에 가본 일이 없지만 아버지와 막내동생이 대망의 밤나무숲에서 활짝 웃으며 찍은 사진을 보면 한때 우리 집의 등대였음을 말해주는 것 같아서 쓴웃음이 나곤 한다. 어떤 연유로 그

밤나무숲이 남한테 넘어갔는지는 자세히 모르지만 용두사미 격이 되어 우리 시야에서 사라졌다.

1978년 아버지가 유조선 기관장으로 네덜란드에 정박 중에 뇌출혈을 일으켜 그야말로 헬리콥터가 뜨는 응급상황이 벌어지고 집에 오신 일이 있었다. 사람 일이 혹시나 모르는 것이라고 더 큰 일이 일어나기 전에 아버지를 뵙겠다고 서둘러 다섯 살짜리 큰 애를 데리고 제주 집에 왔다. 미국으로 간 지 5년 만에 처음 온 것이었다.

아버지는 언제 그랬냐는 듯이 나아지셔서 조부모님이 사시던 조천 집에 가 있고 엄마는 또다시 일을 벌였다. '흑비'라는 건강식품을 파는 사업이었다. 외할머니가 사주신 1,600평 땅에 귤과수원을 하다가 팔아치웠으니 수중에 돈이 좀 있어서 그러지 않았나 싶다. 집에는 양복 입은 젊은이들이 득시글거렸다. 판매원들이었다.

외할머니의 설명으로는 아버지 월급으로 회사에 목돈 보내고 판매원들이 월부로 그것도 수금을 제대로 해오는지 안 해오는지 모르는 사업을 하고 있다는 것이다. 엄마가 입금을 요청하는 본사와 통화하는 것을 들으니 이거 보통 일이 아니구나 싶었다. 또 돈이 안 되는 큰일을 벌였구나 하는 생각이 들었다. 본사는 물품대금을 요구하고 있었고 엄마는 당장 돈을 보내지 못해 자꾸 변명만 늘어놓고 있었다.

나는 그해에 대학원 입학 허가를 받아놓은 상태여서 한 달도 채 못 있다가 다시 미국으로 갔다. 그로부터 3년을 밤낮으로 공부만 생각하며 살아서 친정에서 무슨 일이 벌어지고 있는지 전혀 아무것도 몰랐다. 그 일 년 전 아들을 데리고 먼저 귀국해버린 남편을 따라 1981년 봄에야 서울에 왔다.

동생들은 큰동생이 결혼할 때 아버지가 사준 여의도의 아파트에 살고 있었는데 엄마가 보이지 않았다. 너무도 이상했다. 어느 날 둘째동생에게 어머니는 어디 가셨냐고 물었다.

"제주도 산천당에 계셔…."

"감옥이네."

나는 진짜 감옥을 말했던 것이 아니라 내가 알고 있던 산천당은 너무 오지여서 갇혀 있다는 뜻으로 말했던 것인데 진짜 감옥인 줄은 꿈에도 몰랐다.

비로소 엄마가 수상 호텔을 짓는다고 해외 투자를 유치하겠다는 사기꾼들한테 속아넘어가 집을 압류 당하고 집안의 모든 물건들도 빼앗기고 서울까지 와서 숨어다니다가 잡혀간 지 좀 되었다는 것이다. 청천벽력 같다는 말은 이럴 때 쓰는 표현이겠다. 황당하고 맹랑하고 너무도 허망해서 내가 어떻게 해야 할지 갈피를 잡을 수 없었다.

서울에 오자마자 컴퓨터도 없는 모교에 전임이 되어 전산학 강의를 하고 있었기 때문에 시간이 없었지만 제주 교도소로 면회를 가야 하는지 갈등이었다. 이모들이 반대했다. 길게 살아야 6개월이면 나올 텐데 무슨 영광된 자리라고 그 몸으로 교도소냐고…. 그때는 둘째를 가져서 입덧이 심할 때이기도 했다. 여름이 되기 전에 엄마는 여의도로 올라오셨다. 교도소로 면회 오지 않았다고 눈을 모로 뜨고 옳게 쳐다보지도 않았다. 하지만 이모들이 가지 말랬다고 변명하고 싶지도 않았다.

그 무렵 고등학교 때 친구가 '제주에 너희 어머님 어음을 안 가지고 있는 집이 없을 정도라고 소문이 났었어' 하는 말로 사기당한 규모를 짐작할 수 있었다. 시아버님도 내게 직접 말씀한 것은 아니지만 남편한테 언젠가 느닷없이 엄마가 만나자고 전화가 와서 나갔다고 했다. 호텔을 짓기 위해 자금을 모으고 있으니 투자하라고 하더란다. 우리 시아버지가 '저는 그렇게 부자가 아닙니다'고 하고 일어섰다는 것이다. 아무튼 엄마가 아는 모든 사람들에게 돈을 빌렸거나 투자하라고 권유했었던 것은 사실인 모양이다.

여름방학이 되어 시간이 났으므로 엄마를 보러갔다. 마침 나 혼자 들렀고 아파트에는 엄마도 혼자 계셨다. 나는 너무나 궁금했다. 속으로는 도대체 어떻게 해서 망해도 그렇게 망할 수가 있느냐고 비난하고 싶었다. 그렇지만 아주 타협적인 태도로 부드럽게 물었다.

"호텔은 어떻게 해서 짓겠다는 생각을 하신 거예요?"

엄마가 내 질문에 답은 안 하고 갑자기 배를 움켜쥐더니 위경련이 일어난다고 하면서 벌벌 떠는 손으로 화장대 서랍을 뒤지면서

약을 찾았다. 밑도 끝도 없이 화를 내면서 다시는 그런 말을 하지 말라고 했다. 그런 말을 하려면 다시는 오지 말라고도 했다. 약을 드시더니 드러누워버렸다.

도무지 내가 무슨 잘못을 했기에 저리 화를 내는지 알 수가 없었다. 나는 죄 지은 사람처럼 야단맞은 사람처럼 한참을 앉아 있다가 일어서서 집으로 돌아왔다. 그리고 몇 달 뒤에 또다시 엄마랑 둘이만 되었을 때 내가 묻지도 않았는데 "호텔을 하자고 했던 사람은 너네 할머니 친척 백 씨여" 했다. 나는 할 말이 없었다. 그래서 믿었다는 말인가? 평생 할머니랑 사이가 좋지 않았으면서 왜 또 백 씨한테는 접근을 허용했지? 무슨 변명이라도 이어질 줄 알고 기다렸지만 더 이상 말은 하지 않았다.

지난 번처럼 또다시 위경련이 나서 집에 가라고 다시는 오지 말라고 할까봐 겁이 나기도 했다. 그 뒤로 돌아가실 때까지 호텔 사업에 대해 언급한 적은 단 한번도 없었다. 둘째동생은 대우건설에 들어가 리비아로 갔다. 올케가 초등학교 교사였으므로 자기 월급 전액을 엄마한테 송금했다. 막내동생이 의과대학에 들어갔는데 학비는 외할머니와 약국을 하던 큰동생이 대줬다. 사업에 망한 엄마를 당장 힘들게 하는 것이 없는데도 불구하고 엄마는 결코 행복하지 않았다. 아들들에게 받아쓰는 돈이 저렇게 사람을 힘들게 하는 것이구나 싶었다.

둘째동생은 리비아에 2년 동안 다녀온 뒤 사람들은 아파트 분

양을 받더라고 궁시렁거렸고 큰동생은 술 마시는 이유가 엄마가 망한 때문이라고 했다. 나는 두 동생을 믿을 수가 없어서 평생 처음 비자금을 만들기 시작했다.

그럼에도 불구하고 엄마는 성공작

열 살 때 엄마의 첫 번째 사업 실패 이후로 나는 늘 엄마를 불쌍하게 생각했다. 엄마를 불쌍하게 생각하는 것 그게 나의 엄마에 대한 사랑이 아니었나 싶다. 엄마는 외로운 사람이었다. 한마디로 외항선원의 아내로 살아가기에 충분히 씩씩하지 못한 사람이었다. 나는 종종 나라면 저렇게 외로워하지는 않았을 것이라고 생각했다.

제부될 사람이 장가들려고 친정에 들락거릴 때 자기 집이 가난했다는 표현을 썼다. 나는 가난했다는 소리를 듣기가 싫었다. "얼마나 가난했는데요?" 물었더니 "생필품이 모자랐습니다"라고 대답했다. 나는 친정에서 생필품이 모자라게 살았던 기억이 없었다. 우리는 가난하지 않았다. 우리를 가난하게 만든 것은 바로 병원 이모네였다. 상대적 빈곤이었다.

엄마의 도전은 어떻게 보면 병원 이모를 코가 납작하게 만들 만큼 돈을 벌어보겠다는 투지와 질투였는지도 모른다는 생각을 했다. 살던 집까지 날려버려서 삶의 근거지까지 빼앗길 정도로 큰 실패를 했는데도 불구하고 당장 뭐가 어떻게 달라지지는 않았다. 여동생이 학비 때문에 서울대 사범대를 지망했던 것에 대한 회한을 종종 내비치셨다.

"저걸 법대에 보냈어야 하는데 내가 사업한다고 내버려둬서 사범대에 갔지."

여동생이 제주에서 예비고사 1등이라는 결과를 냈으니까 그 말씀에 어폐가 있다고 생각되지는 않았다. 엄마가 실패해서 집에 있는 바람에 막내동생은 고등학교를 다니는 동안에 우리 여섯 형제 그 누구도 누려보지 못한 엄마 밥을 먹는 호사를 누리게 되었다. 엄마는 재주꾼이었다. 엄마는 안 해서 그렇지 요리도 잘하는 사람이었다.

막내동생이 의과대학에 들어간 후에도 도시락을 싸야 하는 처지를 불평하는 엄마에게 작은이모는 "언니, 의과대학 다니는 아들 있으면 나 같으면 하루에 도시락 열 개씩이라도 싸겠어…" 하며 엄마의 입을 틀어막았다.

하루는 엄마가 먹을 갈아서 한지에 사군자 같은 그림을 그리고 있었다. 뭐냐고 했더니 한복에 동양화를 그려넣는 것이 유행이어서 아르바이트를 하려고 연습 중이라고 했다. 또 시작이군! 그리고 채 두 달이 되기 전에 그만두셨다. 왜 중단하셨냐고 하니까 어깨가 아파서 그릴 수가 없다고 했다. 엄마는 글씨도 잘 썼다. 중학교 때 결석계를 써가니까 선생님이 누가 썼느냐고 했다. 어머니라고 했더니 놀라던 얼굴이 기억난다.

여의도 백조아파트는 23평이었는데 방이 셋이었다. 어느 날 갔더니 오른쪽 입구 방에 철제 책장을 여러 개 들여놓고 칸마다 상자가 잔뜩 들어앉아 있었다. 달팽이를 키우면 돈을 벌 수 있다고 했다. 달팽이 먹이는 사온다고 했다. 나는 달팽이가 징그러운데 그것도 한두 마리가 아니고 수백 마리를 매일 서너 번씩 들여다보고 싶을까 이해하기가 힘들었다.

나는 그 방에 들어가서 자세히 들여다보지도 않았으면서 얼마치냐고 물었다. 60만 원어치라고 하셨다. 속으로 달팽이가 싸지도 않구나 싶었지만 그렇게 말하지 않았다. 몇 달 못 가서 그 방에 책장들이 깨끗이 비워져 있었다. 달팽이들 어디 갔냐고 했더니 다 죽었다고 하면서 "내가 하는 일이 그렇지, 뭐…" 자조적인 한마디 뿐이었다.

엄마는 외할머니 밑에서 불교를 시작으로 가톨릭교만 빼놓고 모든 종교를 거의 다 섭렵했다. 내가 어릴 때에는 굿도 많이 했다. 아버지가 배를 타신다고 바닷가에서 굿하던 일도 기억이 난다. 한때는 천도교에도 나갔고 통일교에도 다녀서 거기 교인들과 미국 여행까지 갔다. 더구나 책 읽기를 좋아해서 일단 어느 종교든 시작을 하면 책으로 교리를 독파하는 분이었다.

아버지가 돌아가시고 난 뒤 엄마는 일본 여행 다니는 것이 취미가 된 것 같았다. 일본 사람이라고 속일 수 있을 정도로 일어를 잘하기 때문인지 이웃집 다니는 것같이 들락거리셨다. 나중에 보니 이시이 선생이라는 교주 때문이었다. 그분의 스티커를 사다가 우리 몰래 우리 지갑이나 가방, 차 안에까지 붙여놓기 일쑤였고 테이프를 틀어놓고 '우주의 소리'라는 이상한 소리를 듣다가 주무시기도 했다.

돌아가시고 난 뒤 유품을 정리하다보니 지갑 속에 이시이 선생 사진이 들어 있었다. 막내가 결혼해서 집을 떠나고 난 뒤에는 전화로 안부를 물으면 "천국에 앉았쪄"가 답이었다. 여동생이 결혼한 뒤로 지대한 숙제꺼리였던 막내를 결혼시켰으니 정말로 홀가분했던 것 같다.

때론 보통 때와 다르게 아주 긍정적인 발언도 하셨다. 제주도에서는 병원 이모보다 나를 더 잘됐다고 한다더라, 자식들이 이모네보다 더 잘됐다고 그렇게들 평한다고 말했다. 병원 이모는 평생 엄마의 숙적이구나 생각했다. 어릴 때는 엄마보다 예뻐서 그랬고 어른이 된 후에는 부자여서 그랬구나 싶었다.

어느 날 여의도에 들렀더니 주먹만 한 강아지가 돌아다니고 있었다. 누가 줬다는 것이다. 예쁜 것이 비싼 종자 같은데 주긴 누가 줬겠나 싶었다. 그리고 몇 달 뒤에는 강아지가 새끼를 가졌다. 신기했다. 이 작은 강아지가 엄마가 된다니! 석 달이 채 안 되어 새끼 세 마리를 낳았는데 너무나 예쁘고 귀여웠다.

성공이네…. 그러면서도 얼핏 웬일이야 우리 엄마가 성공? 우리 엄마 돌아가실 때 된 거 아냐 하는 생각이 얼핏 스쳤다.

그해 겨울 엄마는 갑상선암이 식도까지 퍼졌다고 수술을 받았는데 폐까지 전이되어 손을 쓸 수가 없는 상태였다. 퇴원할 때 간병인을 데리고 왔지만 현충일에는 간병인이 쉬러가기 때문에 서울에 있는 형제들이 다 모여들었다. 우리끼리는 다음날 또다시 입원시킬 계획이었다. 다시는 입원하기 싫다고 하시며 평소에 하지 않던 발언을 하셨다.

"하고 싶은 것은 다 해봐서 여한이 없다. 제주에서 제일 가는 미남한테 결혼해봤고 머리 좋은 아이들 낳아서 키워봤다. 따르는 남자들도 많았다."

엄마가 이렇게 긍정적인 사람이었나 싶어서 믿기지 않을 정도였다. 내 손을 붙들고 "죽는 게 쉽지 않구나!" 하더니 내가 부엌에 간 사이에 앉았다가 누우셨는데 그냥 떠나셨다. 여태 여러 사람 떠나는 거 봐왔지만 엄마처럼 그렇게 혼이 떠나는 것처럼 하실 말씀 다 하고 훽 떠나는 분은 처음 봤다.

엄마의 사촌언니 최정숙 선생님

지난해 6월이니 초여름이었다. 제주에 사는 대학 후배가 돌연 전화를 걸어왔다. 최 정숙 선생님 기념사업을 하고 싶어서 살아계실 때 친분이 있던 분들을 인터뷰하려고 하는데 응해주는 분들이 많지 않다고 운을 뗀다. 알고 보니 제주에 계신 이모도 서울 사는 이모도 못하겠다고 했던 모양이다.

대학 후배이면서 중고교 후배이기도 했지만 남도 아니고 사촌이모에 대해 알고 싶다는데 오지 말라고 할 일은 아닌 것 같았다. 후배는 신성여고 동창회장과 함께 온다고 했는데 당일에는 학예관이라는 두 명의 젊은 남성을 동반하고 나타났다. 동창회장이라는 후배는 처음 만났지만 알고보니 내가 고등학교 때 국어선생님의 며느리였다. 친근감이 생긴다.

최정숙 선생님은 외할아버지 형님의 딸이다. 외할아버지가 조실부모하고 형님네서 자랐으니 조카라기보다는 남매 같은 사이가 아니었을까. 최정숙 선생님은 외할아버지 집에 명절과 제사 때에 빠짐없이 오곤 했다. 그때 이미 많은 사람들이 양장을 입었는데도 항상 개량 한복을 단정하게 입으셨다. 한복이지만 치마가 통치마인데다 치마 길이가 무릎에서 한 뼘쯤 내려온 정도로 짧았다. 겨울에도 모직으로 된 개량 한복에 두루마기를 입으셨다.

제삿날에 오시면 다른 모든 여자들은 부엌이나 찬마루에서 제사상 음식 준비를 도왔는데 최정숙 선생님은 큰방에 다른 남자 어른들하고 방석 깔고 앉으셨다. 남자 어른들은 담소하기 바쁜데 그분은 말하는 법도 별로 없었다. 그것만으로도 초등생인 나의 관심을 끌기에 충분했다.

그런데 한번은 슬그머니 일어서서 대청마루를 지나 앞마루를 거쳐 현관문을 열고 나가셨다. 그러더니 밖에 조금 서 있다가 들어오고 조금 있다가 또 나가셨다. 왜 그러시지? 들키지 않고 왜 그러는지 알아내려고 앞마루 왼쪽 끝에 숨었다. 전기가 들어오기 전이어서 석유등잔을 쓰던 때라 컴컴한 구석이었다. 그리고 방귀 때문에 나가셨다는 것을 알아냈다. 그때에도 지금까지도 그 일은 나만이 간직하고 있는 비밀이다. 초등학교 저학년 때의 일인데 지금까지도 잊히지 않는 이유는 방귀 때문에 문을 세 번이나 열고 아예 밖으로 나가는 사람을 본 적이 별로 없었기 때문이 아닐까 싶다.

엄마가 사업에 실패하고 앓아누웠을 때 소문이 났는지 바꺼래(바깥채)라고 불렀던 우리 집에 처음 오셨다. 대단히 어려운 대화를 나누지도 않고 어떻게 지내느냐, 힘들지 않느냐 하는 정도의 안부 인사 같은 말씀을 나누고는 자주 들여다보지 못해서 미안하다는 말을 하고 가셨다. 가시고 난 뒤에 엄마가 저러시니까 모든 사람의 존경을 받는 거라고 했다.

그러고도 중학교 입학시험을 보러 가서야 그분이 신성여중고등학교 교장선생님이라는 놀라운 사실을 깨닫게 되었다. 중학교에 들어가서 수녀님들을 알게 된 뒤에 엄마한테 왜 교장선생님은 수녀도 아닌데 결혼을 하지 않았냐고 물었다. 엄마는 큰할아버지가 부인이 많아서 여성들을 힘들게 했기 때문에 속죄하는 마음에서 독신을 고집하신 거라고 했다. 큰할아버지는 일제 때 제주도 유일의 판사였다.

이모네 병원으로 가는 길목에 정화의원이라는 간판을 걸고 있는 집에 사신다는 것도 알고 있었다. 수녀원 옆집이었다. 제주에 대문이 없는 집도 많았던 시절 지붕 있는 큰나무 대문은 늘 잠겨 있고 한 귀퉁이에 난 작은 문을 밀고 들어가면 양쪽으로 여러 가지 꽃을 심은 꽃밭이 있었다. 현관을 거쳐 집안으로 들어가면 마루에 의료기구를 놓은 테이블이 있었다. 한쪽 벽면에는 약장이 있고 다른 쪽에 세면대도 있었다. 어떤 연유로 그 집에 갔는지는 기억이 나지 않지만 가난해보이는 동네 사람한테 간단한 치료를 해주고는 돈을 받지 않았던 기억은 난다.

그분의 환갑날에 뒤뜰에 천막을 쳤었고 이 집이 수용할 수 있는 인원보다 훨씬 더 많은 사람들이 들어닥치고 있다는 느낌이 들었다. 어린 내게도 걱정이 될 정도였다. 사촌 외숙모님이 당시 시판된 지 얼마 되지 않는 청량음료 쿨피스를 내놓으며 당신의 선택이 얼마나 탁월한지 자랑하던 일도 기억이 난다. 사실 그때 쿨피스를 처음 마셔보는 사람들도 많았던 것 같다.

중학교를 졸업하고 1964년 고등학교에 들어갔는데 최정숙 선생님은 대한민국 최초로 여성 교육감이 되었다고 신문에 대서특필되었고 학교를 떠났다. 그러고도 도내에 무슨 행사만 있으면 관덕정에 설치된 가설무대에 외할아버지와 나란히 앉아 계시던 모습을 뵐 수 있었다. 외할아버지가 농업학교 교장으로 정년 퇴직하셨을 때 그분 남동생이 뒤를 이었다. 때로는 세 분이 나란히 동원되기도 했다. 사실 이 분이 한국 최초의 여의사였다는 것을 알게 된 것도 내가 중년이 된 후의 일이다. 어느 병원에서 진료를 받으려고 기다리면서 읽었던 의사협회 잡지에서였다.

마지막으로 뵌 것은 결혼하기 얼마 전 고향에 인사드리러 갔을 때였다. 우리 청첩장에 장소가 서울 중구 초동교회라는 것을 보고 맘에 걸리셨던 것 같다. 나는 대학 1학년 때 개교기념 미사에서 영세를 받았다. 영세를 받았다는 말씀을 드린 적도 없는 것 같은데 이미 알고 계셨다. 내 손을 꼭 잡으시더니 '가톨릭을 버리면 안 된다'고 말씀하셨다.

두 후배들보다도 학예관의 질문이 더 많았다. 온화한 성품에 온화한 얼굴이었다고 말했다. 행복하게 나이 드신 수녀님 같은 얼굴이었다고도 말했다. 사실 온화한 얼굴이긴 했지만 미간에 깊은 주름이 그분의 삶이 녹녹치 않았음을 말해주고 있었다고 덧붙이지는 않았다. 그러고는 까마득히 잊고 있었는데 지난 1월 문자 메시지가 왔다.

한국희망재단과 함께 아프리카 부룬디공화국에 최초로 여자고등학교를 설립한다는 소식이었다. 협약식에 참가한 20명이 넘는 후원자들 사진도 카카오톡으로 보내왔다. 얼마 후 교사를 짓고 있는 현장의 동영상도 보내왔다. 나도 서둘러 소액의 기부금을 내고 후원자가 되었다.

학교 준공식이 8월 7일 현지에서 열리는데 참가하고 싶으면 신청하라는 메시지를 받았다. 그리고 17명이나 신청했다는 사실도 알게 되었다. 최정숙 선생님 초상화와 준공식에서 학생들에게 배부한 에코백 디자인은 애월고등학교 미술과 학생들의 재능기부라고 한다.

MBC TV에서 9월 11일 화요일 오후 6시 25분에 〈아프리카 부룬디에 희망을 심다. 최정숙고등학교〉가 방영된다는 소식이 왔다. 친척과 지인들에게 무더기로 소식을 전했다. 제주 MBC에서만 하는 프로인 줄을 몰랐다. 결국 인터넷으로 들어가 제주 MBC

〈스토리 공감〉이라는 프로를 9월 11일자에서 찾아서 보았다.

세상에… 아프리카가 어디라고!

최정숙고등학교가 개교하여 정상적으로 운영되고 있을 뿐만 아니라 지난 달에는 부룬디 대통령과 교육부장관까지 방문했다는 소식을 받았다. 신성여자중고등학교 동창들이 이룬 업적에 감회가 무량하다.

제3장

형제

여동생과 함께한 미국 여행

오래 전 일이다. 1995년 그때 중학교 1학년이던 둘째와 유치원생이던 막내를 데리고 미국으로 안식년을 갔을 때였다. 캘리포니아 북부 요세미티 국립공원으로 여행을 갔었다. 운전하기 좋아했던 남편은 어디든 여행을 가면 스스로 찾아다니는 스타일이었지만 그때는 웬일인지 투어버스를 타자고 했다. 스스로 여기저기 찾아다니는 것보다 투어버스가 알아서 구경시켜주는 방법을 택하는 것이 좋더라는 충고를 들은 것인지도 모르겠다.

16인승 투어버스에는 빈자리가 별로 없을 만큼 손님들이 많았는데 맨 앞자리에는 이미 50대 후반쯤 되어 보이는 백인 여성 두 분이 자리를 차지하고 있었다. 한 분은 키가 좀 크고 갈색 머리였는데 다른 한 분은 키가 작고 금발인데다가 생긴 것도 달라서 아무리 봐도 자매 같지가 않았다. 하루 종일 함께 다니니까 어떤 사이인지 궁금해져서 어떤 사이냐고 물었다. 다섯 살 차이의 자매라고 하면서 누가 언니인 것 같으냐고 되묻는다.

어떻게 보면 키 큰 분이 언니 같고 어떻게 보면 금발 머리인 분이 언니 같았지만 얼굴에 주름살이 없기로는 키 큰 분이 더 젊어 보여서 동생이냐고 했더니 자기가 언니라고 한다. 옆에 앉았던 동생은 나이가 더 들어보인다는 사실이 유쾌하지는 않았는지 "내가 마일리지가 더 높아요!" 했다. 그게 무슨 의미인지 몰라서 애매하게 웃을 수밖에 없었다.

이튿날 아침 주차장에서 떠날 준비를 하는 언니를 다시 만났다. 아침 인사를 했더니 마치 어제 말뜻을 알아듣지 못한 것을 눈치챈 사람처럼 자기들의 얘기를 해준다. 어머니가 일찍 돌아가서 어릴 때부터 동생은 자기를 많이 따랐다고 한다. 동생은 이혼을 했고 또 재혼을 했다는 얘기도 했다. 동생은 아이오와에 살고 자기는 캘리포니아에 사는데 일 년에 한번씩 만나 이렇게 여행을 한다고 했다.

당시 남편과 세 살짜리 딸을 데리고 독일에 유학 중이던 여동생 생각이 나서 나도 열두 살 아래인 여동생이 하나 있는데 평생 그렇게 둘이서만 여행할 날이 과연 있을까? 당신들이 너무 부럽다고 했다.

여동생은 독일에 7년간 유학해서 유럽 구경은 많이 했고 여행

다니는 것을 좋아해서 여기저기 잘 돌아다니지만 미국은 하와이에도 가본 적이 없었다. 이번 겨울에 미국에 같이 가겠냐고 했더니 두 말 않고 따라나선다. 말이 둘이서 하는 여행이지 비행기 탈 때를 빼고는 우리 아들 둘이 동원되었다. 엘에이서 USC에 다니는 둘째더러 네가 서울 있을 때 출장 오면 묵었던 호텔을 예약해달라고 했다. 다운타운에서 10분 거리인 옥스퍼드 플라자 호텔은 주인도 종업원도 한국 사람들이다.

시내 구경하는데 어디를 가고 싶으냐고 물었더니 여동생은 부자동네에 좀 가보자고 했다. 비버리힐스와 할리우드 쪽을 돌아보는데 '여기 오니까 비로소 미국에 온 것 같다'고 소감을 토로한다. 역시 우리의 미국에 대한 인상은 어디까지나 부자 나라 그것이구나 싶었다.

다음날 라스베이거스로 가는 동안 처음 봤을 것 같은 사막을 달리는데 감탄사 한마디 없는 동생더러 산이 예쁘지 않느냐고 물었다. 예쁘다기보다 새롭지 않느냐고 물었어야 옳았는지 모르지만 동생은 한국의 산이 더 예쁘다고 대답한다.

그랜드 캐년의 남쪽 정문 앞 1마일 지점에 투숙했던 덕분에 해뜨는 장관을 볼 수 있었다. 몇 시간 열심히 보긴 봤지만 그랜드 캐년의 몇 십 분의 일이나 봤다고 할 수 있을까? 아쉽다는 생각이 들수록 다시 가보고 싶다는 마음이 된다.

샌프란시스코 공항에서 45분 걸리는 프리몬트에 사는 큰아들네 가는 길은 발걸음도 가벼웠다. 프리몬트로 들어가는데 독일에 온 것 같다고 좋아한다. 나는 독일에 가본 적이 없지만 독일은 이렇게 조용하고 한갓진 곳인가 보구나 하는 생각을 했다.

버클리 캠퍼스를 구경 갔던 날은 우연찮게도 크리스마스 날이었다. 보통 때에는 사람들도 많고 차들도 많아 복닥거리는 곳인데 도서관이나 학생회관 등 방문객이 들를만한 곳은 모두 닫아버려서 캠퍼스 내에서 갈 데가 없었다. 학교 정문 앞길의 가게들도 다 닫혔고 식당들은 물론 커피숍까지 휴무였다. 그래도 버클리 명물 중의 하나인 서서 먹는 핫도그 집 'Top Dog'이 열려 있었고 손님들도 많아 반갑기 그지없었다. 동생은 핫도그가 독일 소시지 맛이라고 하면서 아주 좋아했다.

문제는 다시 엘에이로 오는 날에 발생했다. 오후 1시 비행기에 맞춰 서둘러 공항으로 갔더니 다섯 시간 연발이라고 한다. 샌프란시스코 공항에 안개가 너무 많이 껴서 모든 비행기들의 도착과 출발이 늦어지고 있다는 것이다. 국내선 공항 터미널이 국제선에 비해 협소하고 시설이 별로 없기는 미국도 마찬가지다. 그래도 나 혼자였으면 잡지나 하나 사보면서 기다렸을 텐데 동생이 국제선 터미널로 가보자고 한다. 젊으니까 역시 다르군.

국제선 터미널에 온 동생은 일본 우동이나 한 그릇 먹자고 하더니 뭐가 그리 즐거운지 재밌어하기 시작했다. 이 친구 배낭여행 체질 아냐? 그새 너무 고급으로 모신 것 아냐? 네바다와 애리조나 사막에서도 그랜드 캐년에서도 그 이름도 유명한 후버 댐에서도 라스베이거스 MGM 호텔에서도 그리고 금문교에서도 별로 감탄하지 않더니 여기가 왜 그렇게 좋지? 허기야 동생은 금문교를 한눈에 바라볼 수 있는 언덕 위에서도 별로 감탄하지 않았지만 샌프란시스코 부두 Pier39에 가니까 여기가 좋다는 소리를 했다.

엘에이에 도착해서 밤 늦게 며칠 전에 묵었던 호텔로 돌아오니 너무 지쳐서 서울 갈 짐을 쌀 기력도 없다. 그래도 걱정이 되어선지 아침 6시에 일어났다. 동생이 물이 안 나온다고 야단이다. 로비에 연락했더니 LA 전역에 물이 안 나온단다. 이게 미국? 엘에이 맞아? 오전에 서울로 가야 한다며 방방 뛰었더니 사우나에 가서 씻으라고 택시를 불러줬다. 한국인 기사가 호텔에 보일러가 터진 것 같다고 고자질한다. 그래서 호텔 입구에 물이 콸콸 쏟아지고 있었구나라고 조금 전 본 풍경을 떠올렸다.

전날 비행기 연발로 종일 기다렸던 기억이 생생해서 그런지 아시아나 항공이 탑승 수속도 제때하고 출발도 제 시간에 하는 것이 오히려 신기하게 느껴질 정도였다.

십여 년 전 요세미티 국립공원에서 만났던 미국인 자매 생각이 났다. 해마다 한번씩 다닌다는 것 절대 쉽지 않겠네. 한번도 겨우 했는데…. 앞으로 언제쯤 또다시 둘이서만 가는 여행을 할 수 있으려나?

풍수지리와 여동생의 이사

여동생이 집을 사겠다고 난리다. 4년째 살고 있는 지금 집이 전세 만기가 다가오고 있기 때문이라고 한다. 달포 전에도 집을 사야 한다고 흥분해서 말리다가 안 되니까 빚 안 지고 살 수 있으면 사라고 했다. 아무래도 그리는 안 되겠는지 포기하는 듯했었다.

이번에는 빚 안 지고 구매가 가능한 집이 나타났는데 바로 길 건너 모퉁이 집이라고 한다. 나의 즉각적인 반응은 '전세를 2년 더 살아라'는 것이었다. 그리고 스스로 생각해도 어처구니없다고 할 만큼 황당한 이유 때문에 반대를 하고 있다. 너희가 그 집으로 전세 들어간 뒤 모든 일이 잘 풀리고 있는데 왜 아들이 고3 되는 이 시점에 이사를 하려고 하느냐가 나의 설명 가능한 이사 반대 이유였다.

우리 친정은 내가 태어날 때부터 외가에서 살았다. 내가 초등학교 6학년 때 집을 얻어 나왔는데 재일교포였던 엄마의 사촌언니가 고향에 들어오지도 않으면서 지어놓은 새 집에 살 사람이 필요해서이기도 했고 외가에 후계자가 될 아들이 작은할머니한테서 태어났기 때문이었다. 그 집에 가서 불편한 거 없이 잘 사는데 외할머니는 큰딸인 엄마가 그때까지도 집이 없다는 사실이 몹시 불편하셨던 것 같았다. 외가의 길 위편에 주인 없는 무덤이 나란히 둘 있었는데 그 땅이 국유지여서 불하받으면 된다는 것이었다. 무덤은 물론 다른 곳으로 이장할 계획이었다.

무덤을 이장하던 날의 광경이 아직도 눈에 선하다. 일꾼들이 여러 명 동원되었고 동네 할머니와 아주머니들이 구경하러 몰려들었다. 어떤 할머니가 무덤이라는 것은 죽은 사람의 집인데 여기에다 집을 지으려고 이장을 하면 안 된다는 것이다. 틀림없이 그 재앙은 이 집에 들어오는 사람들이 받을 것인데 어쩌자고 이런 짓을 하는지 모르겠다고 우려 섞인 주장을 펼쳤다. 외할머니도 그런 얘기를 들으셨는지 제를 잘 지내고 외곽에 좋은 땅으로 이장을 하는 것이니 별무리는 없을 것이라고 했다.

그리고 우리는 얼마 뒤 내가 고등학교 1학년 때 집을 지어서 들어갔다. 난생 처음 자기 집을 지어서 들어갔으니 우리 어머니는 정말 행복해보였다. 아버지가 휴가 받아 나오셨는데 생전 처음 마루를 걸레질하면서 좋아하셨다. 그런데 행복도 잠시, 아주 잠깐이었다. 제주에 도둑 드는 일이 드물었던 시절이었는데 우리 집에

도둑이 들었다.

이듬해 막내동생이 태어났는데 신체에 결함이 있었다. 위로 다섯 인물 좋은 아이들을 낳았다고 애 낳는 일에 자신만만했던 엄마한테는 청천벽력이었다. 불행의 시작이었다. 휴가 나온 아버지랑 대판 부부싸움 하는 것을 자식들에게 보여준 것도 난생 처음이었다. 다음해 대학 가느라 집 떠나게 된 것이 너무도 좋았을 정도였다.

1973년 유학생과 결혼하고 미국으로 갔다. 5년 뒤 아버지가 뇌출혈로 그것도 네덜란드에 정박 중 쓰러졌고 집에 오셔서 휴양 중이었다. 친정아버지를 뵙겠다는 일념으로 네 살짜리 큰애를 데리고 일시귀국 했다.

엄마는 그때에도 사업을 하고 계셨다. 흑염소로 만든 흑비인지 뭔지 하는 건강식품을 팔고 있었는데 제주에 있는 실업청년들이 다 모여드는 것 같은 상황이었다. 제약사에는 아버지 월급으로 송금을 하고 세일즈하는 청년들이 받아오는 푼돈을 받으면 이익이 남아야 하는데 도무지 그이들 커피값이나 떨어지는지 모르는 일이었다. 외상도 문제였다. 얼마 안 가서 그 사업은 망했다.

한 달도 채 안 있다가 나는 미국으로 가고 대학원에 들어가서 정신없이 살았다. 고향 친정집에 무슨 일이 있었는지 전혀 모르고 살았다. 그리고 남편은 미국 대학에서 가르치다가 서울로 오는 기회가 생기니까 아들을 데리고 귀국해버리고 1년 뒤에 나도 따라

귀국했다.

귀국해보니 엄마가 보이지 않았다. 엄마는 그 사이에 또 엄청난 사업을 시작했는데 알고 보니 사기꾼들한테 걸려들어서 집도 땅도 모든 걸 다 잃고 유치장 생활을 하고 계셨다. 외국 자본을 들여와서 호텔을 짓는다는 사람들에게 속아서 엄마가 갖고 있었던 재산, 돈은 물론 끌어들일 수 있을 만큼 많은 빚까지 졌던 모양이었다. 사실 내가 아는 내막은 이 정도이고 형제들한테 물어도 자기들도 정확한 것은 잘 모른다고 했다. 그러니까 엄마가 그 집에 사는 동안에 좋은 일은 하나도 일어나지 않았다는 결론을 내릴 수밖에 없었다.

여동생은 전세 사는 사람으로서의 불만을 나름대로 토로했다. 그럼에도 불구하고 내가 계속 반대하니까 이젠 언니 아들들 집을 살 때도 그렇게 반대했느냐고 묻는다. 큰아들은 미국에 산다. 그 동네는 집 매매를 경매 방식으로 하기 때문에 오픈 하우스 하는 날 가서 보고 금액을 써내면 집주인이 제일 높은 가격을 써낸 사람에게 파는 게 상식이다. 큰아들 말로는 꼭 원하는 집이었다기보다 여러 번 떨어지니까 막나가게 되더라는 식이었다.

여동생은 둘째아들 집을 살 때도 이리 반대했느냐고 묻는다. 화가 나려고 했다. 너희가 30대라면 이리 걱정 안 한다. 둘째네 집 살 때 내버려뒀다 설령 잘못 샀다고 해도 젊으니까 복구할 시간이 충분하지 않나 그것도 학습인데… 싶어서 놔뒀다고 말했다.

용하다는 스님이 있다는데 가서 물어보자고 말했다. 여동생은 지금까지 무슨 일이 있을 때 사주를 보고 결정한 적이 없다면서 안 간다고 완강하게 버틴다. 자기도 약이 오르는지 '걱정해주는 마음 모르는 바 아니지만 당사자인 저희들이 제일 많이 생각하지 않겠어요?' 한다. 나도 약이 오른다. '그래 잘 낫다. 알아서 해라'고 해놓고 내가 왜 이러나 생각하고 또 생각해보았다.

여동생이 집을 사서 흥해도 '거 봐 언니 그렇게 반대해도 나 안 망하잖아?' 하지 않을 것이고, 망해도 '언니 말 맞네…'라고 하지 않을 것이다. 내가 왜 이러지? 알 수 없다. 결국 내가 스스로 생각하는 것보다 훨씬 더 풍수지리를 믿고 있었나보다고 인정하지 않을 수 없다.

의지의 한국인과 싸우기 쉽지 않네

남편 제자 W 박사는 은퇴설계 전문가다. 은퇴설계에 관한 책도 여러 권 썼다. 은퇴 설계에 관한 내용으로 전국을 누비면서 강연을 한 지가 얼마나 되었는지 모르겠다. 4년 전 삼성생명 은퇴연구소장을 그만둘 무렵부터 시골 가서 살겠다고 어디로 갈까 물색 중이라고 했었다.

내가 서울서 가깝다는 이유로 김포나 강화는 어떠냐고 했더니 그쪽은 황사나 미세 먼지가 올 때 제일 먼저 그리고 제일 강하게 오는 곳이라고 하면서 지금까지 돌아본 곳 중에서는 순천이 제일 좋았다고 했다.

둘째동생하고는 종종 만나 점심을 먹는다. 큰동생이 죽은 뒤로 친정 쪽 제사와 명절을 맡아하기 때문에 일 년에 적어도 서너 번은 둘째네 집에 간다. 동생은 형제들이 모이는 것을 아주 좋아한다. 우리가 아무리 바빠도 한 달에 한번은 만나야 한다고 주장하는 사람이다.

지난 봄에는 만났는데 어릴 적 얘기를 하면서 눈물을 글썽거리기까지 했다. 보통 때 회사에서도 감정표현을 안 하는 것은 물론이고 과묵하기로 유명하다는 사람이 늙어가니까 안 하던 짓 하나 싶어서 돌아오는 길 내내 마음이 안 좋았다.

D회사 부사장을 지내고 퇴직한 지 이 년째라 혹시 정년우울증인가 아니면 올케가 대장암 수술하고 2년 뒤에 위암 수술하고 간병하느라 힘들어서인가, 별별 생각이 다 들었다. 그러더니 웬일로 순순히 한의원에 따라가서 진맥하고 약까지 지어 먹었다. 환약이긴 하지만 내가 알기로 평생 처음 먹는 한약이었을 것이다.

지지난 주에는 여동생까지 합류해서 셋이 점심을 먹고 커피를 마시는데 자기는 정말 심각하다고 하면서 다리에 멍이 든 것처럼 시커먼 자국이 혹처럼 커지고 있는 것을 보여준다. 병원에 가서 진단을 받으라고 하니까 둘째딸 시집 보내고 가겠다고 황당한 대답을 한다. 조카가 연내로 결혼하는 것도 아니고 뚜렷하게 남자친구가 생긴 것도 아닌데 말 안 되는 소리하지 말라고 다그쳤다.

집에 와서 인터넷을 뒤지면서 궁리를 하니 하지정맥류 같았다. 문자 메시지로 병원에 가라고 하고 또 전화까지 걸어 병원 가라고 하고… 그래도 말을 안 들어서 지난 주 월요일에는 수필반까지 빠지고 아침부터 서초동 동생 집으로 쳐들어갔다. 신논현역 부근에 "이 집에서 걸어갈 만한 거리에 그거 전문 흉부외과가 두 군에나 있어!" "가자"고 하며 아주 싸울 준비를 하고 있었다. 올케가 끼어들어 고자질을 한다.

"건강검진 안 받은 지가 십 년이 되었어요."

기가 막혔다. 어떻게 환갑 넘은 사람이 국민의료보험이 공짜로 해주는 건강검진만 해도 2년에 한번은 받는 것이 정상인데 어처구니가 없었다. 그것도 변명이라고 동생이 입을 연다. 형이 가고 동생 가는 거 보니까 약사나 의사도 저렇게 가는데 검진이 무슨 소용이야. 싫어서 스스로도 이렇게 버티다가 하루 아침에 형 동생처럼 꼴까닥 하기로 마음먹었다고 한다. 그것이 막내동생이 죽은 뒤로 병원 안 가는 이유라고 한다.

아이고! 누구는 그렇게 쉽게 꼴까닥하고 싶지 않아서 이렇게 병원을 들락거리며 생고생하냐. 누구는 그렇게 떠나고 싶지 않아서? 이모부 보라고. 이모부가 2년 동안 투병하면서 돈을 얼마나 쓰신 줄 알아? 이 일과 아무 상관이 없는 이모부까지 들먹거리게 되었다. 우리 시어머니 보라고…. 그렇게 하루도 빠짐없이 교회에 다니시면서 공을 들여도 치매병원과 요양원에 7년을 계시게 될 줄 상상이나 했냐고. 이번에는 이 일과 상관이 전무한 시어머님까지 들먹거린다.

그리고 5월 말 올케의 CT 촬영과 무슨 검사인지가 끝나면 병원에 가겠다는 약속을 받아내고 점심이나 먹자고 했다. 둘 다 밥맛이 있을 리가 없다. 내가 근거도 없이 하지정맥류라고 우기는 것처럼 동생은 스스로가 골수암이라고 우긴다. 감자탕을 앞에 놓고 죄 없는 소주만 두 병 비웠다. 나는 하나도 안 취했는데 동생은 빈속에 먹어서 그런지 비틀거린다.

집까지 10분도 안 걸리는 곳이지만 혼자 보내기가 불안해서 데려다주겠다고 했다. 비틀거리는 동생하고 걷는데 옛날 쓰러지기 직전의 아버지랑 걷는 것 같은 착각이 들었다. 아버지는 55세에 퇴직하고 그 이듬해 둘째동생 결혼식 참석차 고향 제주에 내려갔다가 뇌출혈로 쓰러져 3년 가까이 누워 있다가 돌아가셨다.

아버지는 정년퇴직하고 갑자기 아무것도 못하는 사람이 되어 갔다. 그때 같은 여의도내 같은 골목에 살면서도 우리 집을 못 찾아오겠다고 해서 놀랐던 기억이 난다. 아버지가 3년 동안 중풍으로 누워계시는 것을 보면서 한때는 정말 멋있는 외항선원이었고 달러를 많이 벌어들인다고 대통령 표창도 받았는데, 하루에 세포가 몇 개씩 소멸하면서 천천히, 천천히 돌아가시는 것 같았다.

집에 오는데 또다시 화가 치밀기 시작한다. 내 동생도 보통은 아니지 않나. 리비아에 3년씩 세 번이나 근무한 의지의 한국인이었던 적도 있었고 "누나 내 연봉이 2억 원이 넘었어" 하더니 "판공비는 그 두 배야" 하던 시절도 있었다. 그렇게 찬란했던 시절도 있었는데, 아버지처럼 그렇게 꼭 그렇게 말년을 보내야 하는지 모르겠다. 그게 내가 화가 나는 이유였다.

W 박사가 주말에 미국서 직장 다니는 딸이 휴가차 나왔다고 점심 먹자고 한다. 전국을 누볐지만 결국은 처가 고향인 논산으로 결정했다는 것이다. 장인이 살아계실 때부터 팔고 싶어하셨는데도 안 팔려서 놔두었던 만 평이 넘는 땅을 파기 시작했고 나무를 심기로 했다는 것이다. 벌써 컨테이너까지 들여놨다고 한다. 4년 뒤에 집을 짓겠다고 하면서 핸드폰에 저장된 지적도까지 보여준다. 나도 한때 꾸던 꿈이었고 지금도 그 비슷한 생각을 하고 지내는 터라 할 말이 많았다.

내 동생도 잘 나갈 때는 나이 들면 고향에 가서 나무를 심겠다고 했었는데 그때의 꿈은 어디로 가고 아픈 올케 핑계만 댄단 말인가. 동생 생각을 하면 또다시 화가 치밀기 시작한다. 그리고 나이 들어 나무 심으려고 시골에 내려간 이 땅의 모든 사람들이 위대해 보이기 시작한다.

삼사십 년 살던 생활환경을 바꾼다는 것이 그것도 자의적으로 바꾼다는 것이 절대로 쉬운 일이 아니라는 것을 처음으로 실감한다. W 박사같이 농사 짓거나 나무 심는 일과는 전혀 상관없이 살아온 사람도 벌써 시작을 하는데. 젊어서부터 그런 생각을 해오던 사람이 왜 못한단 말인가? 평생 사이가 좋았던 오누인데 얼마나 더 싸워야 자기를 위해서든 올케를 위해서든 공기 좋은 곳에 내려가서 땅 파고 나무 심는 일을 실현할 것인지 막막하기 그지없다.

엘에이 막내올케

막내동생은 자기 형들에 비해서 결혼이 늦었다. 레지던트 시절부터 중매와 소개팅이 물밀 듯이 들어왔다. 의사의 주가가 상상 외로 높다는 걸 실감했다. 막내아들이라는 것이 높은 주가를 더 높게 했다. 후계자 없는 병원은 왜 또 그리 많은지 그런 자리에서 혼담이 들어오면 막내동생은 소름이 돋는다고 했었다. 부잣집 데릴사위는 절대 안 하겠다는 뜻으로 들렸다.

그러던 중 어느 날 인터넷에서 채팅하다 만났다면서 일곱 살 연하의 지방대학 식품영양과 출신 여자를 데려왔다. 모 외고 출신이란 것을 강조했다. 어머니가 부모님은 뭐 하시느냐고 물으니 부동산 한다고 대답했다고 한다. 우리 어머님의 소감은 '사돈도 많이 하다 보니 복덕방쟁이와도 하게 되는구나'였다. 사돈은 부동산중

개업을 하는 게 아니라 부동산 투자가였다. 나중에 들리는 소문으로는 알부자라고 했다.

막내동생은 늦게 가서 그런지 결혼할 때 별나게 행복해했다. 평생 가장 행복했던 모습으로 기억된다. 친정어머님도 마찬가지였다. 여동생 결혼하고 나서 8년 동안의 숙제꺼리였다고도 할 수 있었다.

막내올케는 밤새워 일본 만화 보는 것이 취미였고 그 때문에 일어를 배운다고도 했다. 그러느라 늦잠 자는 아내를 깨우기 싫어서 아침을 편의점에서 베이글 빵 사 먹고 출근한다고 해도 못 들은 척했다. 우리는 장가를 가준 것만으로도 고마워서 트집을 잡을 겨를도 없었다.

이듬해에 조카가 태어나고 알콩달콩 잘 살았다. 의사라서 그런지 애기 목욕을 매일 동생이 시킨다고 해서 부러웠던 기억이 난다. 조카가 유치원에 가게 되었을 때에도 부지런한 동생이 출근길에 데려가고 점심때 나와서 집에 데려다놓고 다시 병원에 간다고 했다. 올케 차가 따로 있는데도 그런다고 흉을 보긴 봤다. 식품영양과 출신이라고 해도 그 집 가서 밥 한번 먹은 일 없는 형제들은 막내란 원래 그런 것인가 보다 했었다.

그리고 2005년 4월 1일 오후 3시 동생은 을지로에 있던 자기 병원에서 일하다가 심장마비로 돌연사했다. 만 40세였다. 하늘이 노랗고 땅이 노랗던 시간이었다. 장례식장에서 우리는 울기 바쁜데 막내올케는 여동생더러 뭐 해먹고 사느냐며 하소연을 했다고 한다. 이럴 줄 알았으면 애를 하나 더 낳을 걸 하는 대목에서 다시 결혼하지 않을 거라는 생각을 얼핏 했던 기억이 난다, 당시 잘 나가던 둘째동생은 혼자 살라고 하기에는 너무 젊다면서 조카를 자기가 키우겠다고 나섰다. 막내올케가 그 얘기를 듣고 엄청 화를 냈다고 한다.

그러더니 몇 달 안 가서 점심 산다고 광화문에 모이라고 했다. 호주 유학길에 오른다는 것이다. 혼자 살기가 무서워서 친정에 들어갔더니 아침마다 자기를 보며 한숨짓는 부모님 땜에 떠나야겠다는 것이다. 가서 자리를 잡을 때까지 아들은 친정에 맡기고 간다고 했다. 유학을 간 지 불과 반 년도 안 돼서 들어왔다는 연락이 왔다. 호주에 갔더니 모두들 미국 쪽을 바라보고 있더라고 하면서 자기도 미국으로 가겠노라고 했다.

얼마 안 가서 나는 막내아들을 조기 유학시킨다고 캘리포니아에 가 있는데 전화가 왔다. 막내올케가 5년짜리 학생 비자를 받고 LA에 와 있다는 것이다. 어느 대학이냐고 했더니 무슨 영어학원이라고 했다. 기적 같은 일이 벌어졌다는 생각이 들었다. 어떻게 영어학원 입학허가서를 가지고 5년짜리 학생 비자를 받았을까 의아해했다.

막내올케는 두 주 후 자기 여동생 남편이 당시 스탠포드 대학의 박사과정에 다니고 있어서 보러왔으니 한번 만나자고 했다. 스탠

포드 쇼핑센터에서 만났는데 막내올케도 조카도 촌티는 조금 났지만 씩씩해보였다. 영어학원에 좀 다니더니 다음 학기에는 커뮤니티칼리지로 옮겼다. 그때가 나랑은 제일 통화를 많이 했던 시절이었다.

"형님, 요리 과정을 하고 서울로 갈까요?"

"형님, 빵을 굽는 쪽으로 전공을 하면 어떨까요?"

식품영양과 출신답게 그쪽 분야를 선택할 것 같아보였다. 나도 아는 바가 별로 없으니 명확한 답변을 해줄 수가 없었다. 결국 일 년 정도 커뮤니티칼리지에 다니는 동안 한국 사람들을 만나면서 정보도 많이 얻었던 것 같다. 간호학을 해야 영주권을 딸 수 있다면서 간호대학으로 편입했다. 2년 뒤에 졸업을 하여 어렵다는 RNregistered nurse 시험도 통과하고 취직도 했다.

둘째아들 대학원 졸업식에 참가하느라 LA에 간 것이 그 무렵일이다. 올케가 사는 동네로 갔다. 7년 만의 만남이었다. 나이는 좀 들어보였지만 직장에 적응을 잘했는지 취미로 골프를 친다는 얘기에 다들 놀랐다. 막내올케가 간호사가 되기 전에는 조카를 의대 보낸다고 했었다. 조카는 그해 고등학교 2학년이었는데 의대에 보내지 않겠다고 하면서 컴퓨터그래픽 같은 전공을 했으면 좋겠다는 얘기를 했다.

그 이듬해 여름 영주권을 받았다고 서울에 와서 만났을 때에는 더워서 못 살겠다는 발언을 해서 LA 사람 다 됐구나 싶었다. 그 사이에 남편의 묘를 친정어머니가 관리해주셨는데 더 이상 맡기기가 미안해서 화장을 해야겠다고 했다. 이장은 윤년에 해야 한다면서 3년 후에 다시 오겠다고 했었다.

지난 5월 말 드디어 두 모자가 왔다. 조카는 그새 애리조나 주에 있는 항공우주대학에 들어가서 가을에 3학년이 된다. 대학생 시절의 막내동생보다 더 근사하게 커서 나타났다. 더구나 고등학교 때도 공부를 잘했지만 대학 간 후 더 잘 해서 막내올케의 자랑이 대단했다. 조카가 공부 잘하는 거야 자기 아빠를 닮았으면 그리 대단한 일도 아니지만 막내올케가 더 기특했다. 결혼하기 전에 직장 생활을 했던 사람도 아니고 둘이 살 때에도 이렇다 할 생활력을 과시한 적이 없었기 때문에 지난 12년 동안 이루어낸 것이 신기할 따름이었다.

대화 중에 우리 큰 사돈네가 사는 페낭 얘기가 나왔다. 올케가 미국 가기 전에 말레이시아에 다녀온 얘기를 했다. 말레이시아에 가면 아들 영어 교육과 동시에 중국어 교육이 가능할 것 같아서 갔었다고 한다. 생활수준이 낮고 환경이 아닌 것 같아서 미국에 가기로 결심했었다는 것이다. 더구나 고모부가 미국 가면 고생한다면서 가지 말라고 했었다는 얘기까지 했다.

두 주 후에 용인 평온의 숲 나래원에서 다시 만났다. 올케는 12년 전보다 더 많이 울었다. 이건 장례를 두 번하는 것이라고 하면서 통곡했다.

제록스 부사장인 사촌 시동생

시 외숙모님은 간호사로 미국에 이민 간 지 37년이 되었다. 비교적 자주 서울에 오시는데 그때마다 기회만 있으면 아들 자랑을 늘어놓는다. 친척들은 외숙모님의 아들 자랑이 지겹다고 한다. 왜 안 그러겠어? 좋은 말도 세 번 들으면 지겹다는 일본 속담도 있다는데.

지난 겨울방학 동안 미국에 있는 아이들을 보러가려던 며칠 전에 큰아이가 삼촌(외숙모님의 큰아들)이 샌프란시스코에서 있을 아시아변호사협회의 32회 연례행사에서 기조연설을 하게 되었는데 그 행사에 초대받았다는 메일을 보내왔다. 그렇지 않아도 작년 가을 6천 명이나 모였다는 필라델피아의 국제한국변호사 컨퍼런스에서도 기조연설을 하였다는 소식을 듣고 놀랬었다.

그것도 우리가 샌프란시스코에 도착하는 이튿날이라니 우리도 좀 초대해줄 수 없겠느냐고 그야말로 옆구리 찔러 절 받기 하는 메일을 보냈더니 도련님이 직접 초대하는 메일을 보내주었다. 그 날은 모두들 정장들을 해야 한다는 메시지와 함께.

도착 이튿날 아들 내외와 우리 부부는 모처럼 변호사들만의 모임에 참가하게 되었다는 절호의 기회에 흥분이 되어 옷 갈아입을 때부터 시비가 많았다. 싱글을 입어야 할 것 같은데 남편도 아들도 윗저고리와 바지가 다른 콤비를 입고 나선 것이다.

교통체증이 심한 금요일 저녁인데도 조금도 지루하지 않게 샌프란시스코로 진입했다. 식구들이 몰려 외식하러 여기저기 잘 돌아다니긴 했어도 이런 모임에 함께 가는 것은 처음이었기 때문에 집을 나설 때부터도 우리 넷은 조금 흥분된 상태였다.

행사 개최지인 샌프란시스코 시청으로 가서 지하 주차장에 주차를 하고 지상으로 올라왔다. 넓은 잔디밭을 앞마당으로 하는 너무나 아름다운 시청 건물이 한눈에 들어왔다. 시청 정문에 들어서니 공항에서 하는 것과 똑같은 안전점검을 하고 있어서 좀 당황했다. 이내 평정을 되찾고 들어가니 테이블마다 사람들 네임 태그가 놓여 있었다. 홀 안을 둘러보니 지은 지 120년도 더 되었다는 오래된 건물임에는 불구하고 벽이며 천정이며 예쁜 문양들을 새겨 넣은 것이 정말 아름다웠다. 조명이 현대건물만큼 휘황찬란하지 않아서 좀 더 자세히 볼 수 없는 것이 아쉬웠다.

열 사람씩 앉게 된 라운드 테이블이 족히 칠팔십 개는 놓여 있는 메인홀과 오른쪽 홀 외에도 왼쪽 홀에는 행사가 시작되기 전에 미리 칵테일을 하라고 준비해놓았다. 술잔을 들고 서서 대화하는 무리에 쉽게 끼어들 수 없었다. 우선 삼촌 Don Liu의 가족이라는 팻말이 놓여 있는 우리 테이블을 찾기에 급급했다.

삼촌이 나타나기도 전에 미국 사진사가 커다란 카메라를 메고 나타나서 우리더러 Don Liu의 가족이냐고 하면서 찍기 바쁘다. 칵테일을 서비스하는 웨이터와 웨이트리스들도 모두 검은 정장을 한 백인들이어서 어딘지 모르게 주객이 전도된 것 같은 묘한 기분이 들었다. 더구나 부부동반도 안 한 정장의 손님들은 거의 모두 동양인이어서 여기가 미국 맞아 하는 의구심도 일었다. 삼촌이 헐레벌떡 나타나 우리들과 이게 얼마만이냐며 반가운 인사와 포옹을 했다. 같은 테이블에 자리하게 된 자기 부인의 사촌동생 내외를 우리에게 소개시켰다.

행사가 시작되어 환영사와 전임 회장의 인사, 수고한 간부들 인사가 있었다. 트로피와 선물도 안겨주고 네 명의 여성 법대생들에게는 장학금도 전달했다. 그러는 사이에 배가 고파서 와인과 함께 빵도 먹었고 유리그릇에 담겨 있는 메밀국수에 야채를 얹은, 처음 먹어보는 샐러드도 먹었다. 아스파라거스를 곁들인 스테이크는 아주 연했지만 조금 식었다. 두당 1천불에서 5천불씩 받는 디너였다는데, 우리가 돈을 냈으면 좀 억울했을 거라는 생각도 스쳤다.

드디어 도련님이 기조연설keynote address을 할 차례가 되었다.

키도 크지 않은 사람이 좀 높은 강단에 서서 조명 때문인지 땀을 뻘뻘 흘리며 혼신의 힘을 다하여 연설을 하였다. 진정성이 느껴졌다. 거의 앞자리에 앉은 우리도 뒤에 있는 큰 스크린에서 보여주는 화면을 보는 것이 더 편할 정도였다. 상당히 충실한 내용이긴 했지만 바로 전에 중국인 신임 회장 연설이 너무도 극적이고 쇼맨십이 강해서 그랬는지 정말 연설을 잘하는구나 또는 대단히 감동적이구나 하는 정도는 아니었다. 한마디로 연설을 잘해서 초빙된 것 같지는 않았다.

행사가 끝나고 우리와 다시 합류했을 때 나는 단도직입적으로 "왜 삼촌을 불렀대요?" 하고 물었다. "저요? 저 여기 아는 사람들 아주 많아요"라고 대답했다. 조금 미흡한 답변이긴 했지만 사진사는 나타나서 사진 찍자고 덤벼들고 삼촌을 만나려는 사람들이 줄을 서서 우리는 다음날 저녁을 같이 하기로 했으므로 일단 헤어질 수밖에 없었다.

다음날 저녁 샌프란시스코 다운타운의 조그만 이탈리아 식당에서 우리들은 다시 만났다. 만나자마자 삼촌은 "어제 형수님이 하신 질문…" 하면서 자기가 왜 초빙되었는지를 자세히 설명하였다. 대기업들은 변호사들을 많이 고용하는데 회사마다 In Counsel은 여러 명 있지만 General Counsel은 하나뿐이라고 하였다. 삼촌은 십여 년 전에 포춘 500(Fortune지가 정하는 500대 기업으로 사실상 미국을 움직이는 회사들)에 속하는 회사에 동양인으로는 처음으로 제너럴 카운슬이 되었으며 6년 동안 계속 혼자였다가 하나둘씩 늘어서 지금은 12명이 되었다고 한다. 그리고 지금 일하는 제록스 회사에서 자기가 주무르는 돈이 100밀리언 달러라고도 했다.

그 다음으로 궁금했던 것은 도련님이 이렇게 기조연설을 하면 보수를 얼마나 받느냐는 것이었다. 그런데 놀랍게도 한푼도 받지 않는다는 것이다. 받지 않는 이유로 자기가 보수를 받으면 본업인 제록스 부사장 직에 충실하지 못하게 되기 때문이란다. 물론 다녀가는 비용은 주최 측이 부담한다고 했다.

그러면서 전에 있었던 회사에서는 사장이 자기가 자리를 비우는 것을 싫어해서 이 일을 하기가 쉽지 않았다고 털어놓았다. 미국처럼 큰 나라에서 무보수로 여섯 시간 넘게 비행기 타고 왔다갔다 하면서 식구들과 헤어져 주말까지 다 바쳐야 하고, 그것도 한 달 평균 두 번씩이나 한다니 결국에는 내 수준의 질문이 나오고야 말았다.

"삼촌, 그럼 왜 이 일을 하지요?"

"누군가 세상이 더 좋아지게 하기 위한 일을 해야만… 우리가 노력해야만 세상이 좋아지는 것 아닌가요?"

대꾸할 말이 없었다. 삼촌은 열 살 때 미국으로 왔다는데 역시 미국 사람이야. 그러면서도 나보다 어린 사람이지만 존경스럽다는 말, 자랑스럽다는 말이 나도 모르게 절로 나왔다.

이런저런 가족들 얘기, 친척들 얘기를 하다가 가장 재미있는 일은 무엇인지 물어보았더니 놀랍게도 미국서 함께 고등학교를 다닌 한국 친구들과 카지노도 가고 사우나도 가고 찜질방에도 가는 것이란다. 그런 말을 들으니 역시 한국 사람이라는 생각이 들어 왠지 안도가 되는 것이었다. 할 얘기가 태산인 것 같은데 식당이 문 닫을 시간이 되어버려 하는 수 없이 일어서면서 이렇게 헤어지는 것이 너무 아쉽다고 말했다. 이렇게 훌륭한 도련님을 미국에 빼앗겼다는 생각 때문이었다.

돌아오는 차에서 자식 자랑 지겹게 하신다고 소문난 시 외숙모님이 떠올랐다. 오랜 인연이기도 하지만 왜 갑자기 시 외숙모님이 그렇게 가깝게 느껴지는지 모를 일이었다.

시 외숙모님, 정말로 자랑하실 만하세요. 저도 이렇게 자랑하고 싶은데. 백번 아니 천번 만번이라 해도 이해할 만합니다.

목사님이 된 사촌동생 가쯔오

남동생이 카카오톡으로 가쯔오 아들이 결혼하니까 꼭 참석해야 한다면서 청첩장을 보내왔다. 그러더니 이틀 뒤에는 결혼식 전날 인사동에서 신랑쪽 친척들만 모여서 저녁을 먹기로 했으니 참석하라는 연락이 왔다. 이를테면 가문잔치를 하는 것 같은데 결혼식도 저녁 6시라 연이틀 저녁 외출이 부담스러웠지만 여동생과 함께 참석했다.

가쯔오는 아버지 바로 아래 동생 상국이 삼촌의 장남이다. 나는 평생 상국이 삼촌을 단 한번 뵈었을 뿐이다. 고등학교 3학년 때 한일수교가 재개되고 얼마 되지 않아 삼촌이 할아버지 환갑잔치에 참가하기 위해 고향에 오셨을 때였다. 상국이 삼촌은 당시 아오모리에서 제일가는 사업가였다. 주유소도 하고 배도 갖고 있고 양복점도 한다고 들었다.

어머니는 가난한 사람의 기대심리답게 나보고 삼촌한테 피아노를 사서 보내달라고 말씀드리라고 했다. 처음 보는 사람이지만 아버지만큼이나 친밀하게 느껴지긴 했어도 그 요구는 말이 되어 나오지 않았다. 물론 내가 피아노 치는 데에 별 취미가 없었기 때문에 그랬는지도 모르겠다.

삼촌은 어른들끼리 있을 때 자기가 일본인으로 귀화한 이유를 자식 교육 때문이라고 변명했다. 그러면서 자기 자식들은 일본에서는 귀족들만 가는 학습원 대학에 갈 수 있다고 했다. 지금도 그 생각에는 변함이 없지만 삼촌은 참 멋있는 사람이었다.

이듬해 여름에 할아버지가 고혈압으로 돌아가셨다. 그러나 삼촌은 오지 않았다. 그리고 얼마 안 가서 삼촌은 만 39세의 나이에 위암으로 돌아가셨다. 아버지가 도쿄암센터에서 마지막으로 동생을 병문안했던 장면을 보지는 못했지만 본 것처럼 기억된다.

아버지는 한동안 술만 마시면 삼촌이 "형님, 이것이 형님을 뵙는 마지막이 될 겁니다"고 했다는데 "맘 약하게 먹지 마. 꼭 이겨낼 수 있을 거야" 하고는 눈물을 참느라 더 이상 말을 잇지 못하고 병실을 뛰쳐나왔고 복도를 걸어나오는 내내 너무 가슴이 아팠다고 하셨다. 삼촌은 그때 위암 수술을 세 번이나 받았다고 한다.

그리고 1980년대 초 상국이 삼촌의 장남인 가쯔오가 등장했다. 당시 여의도에 혼자 사시는 어머니한테 와서 한국어를 더 배우고 한의대에 들어가기 위해서였다. 지금도 그렇지만 한의대 들어가기가 '하늘에 별 따기'였던 시절이었다. 몇 개월 뒤에는 대전에 있는 유명한 한방병원에 취직이 되어 내려갔다. 그러더니 2년을 못 버티고 일본으로 돌아간다고 했다.

어머니는 그새 정이 들었는지 가쯔오를 중매했고 드디어 서울에서 결혼식을 올렸다. 가쯔오는 LG 일본지점에 취직해 다닌다는 소문을 들었다. 그러더니 얼마 후 가쯔오가 일본에서 신학 공부를 해서 목사가 되었다는 소문이 들려왔다. 몇 년 뒤 2남 2녀를 데리고 나와 서울에서 만났다. 장남인 성돈이가 연세대 한국어학당에서 한국어 공부를 하고 싶어해서 알아보러 나왔다는 것이다.

그 성돈이가 이번에 결혼을 한다는 것이다. 인사동 한정식집에는 일본에서 온 친척들이 더 많았다. 난생 처음 보는 가쯔오의 두 여동생과 네 자녀가 참석했다. 차녀의 남자 친구는 일본인이라는데 함께 왔다.

가쯔오를 만난 지는 한 5년쯤 된 것 같다. 3년 전에 아내를 잃어서인지 나보다 한 살 아래인데도 그새 할아버지가 되어 있었다. 나이가 들어서 보니 가쯔오의 얼굴에는 우리 아버지 모습도 들어 있고 친할아버지 모습도 들어 있다.

신랑은 지난 10년 동안 서울에 살아서 한국어가 유창했다. 장로교 신학대학을 나와 대학원에 다니고 있다고 한다. 신부도 같은 대학에서 만났다는데 졸업 후 전도사 일을 하고 있다고 한다. 가쯔오의 두 여동생과 두 딸은 한국말을 못해서 신랑이 전부 통역해 줘야 했다. 난생 처음 보는 사촌 여동생이 마주 앉았는데 왠지 모르지만 친근감이 느껴졌다. 갑자기 삼촌이 돌아간 뒤에 어떻게 살아왔는지가 궁금해졌지만 일본어를 못하니 답답할 뿐이었다.

돌이켜보면 아버지 4형제 중 상국이 삼촌이 키도 크고 인물도 좋았으며 능력 또한 뛰어났다. 우리한테 주려고 옛날 사진들을 복사해 가져왔는데 아래 두 삼촌들도 결혼하기 전에는 모두 삼촌네서 살았다고 한다.

할머니 할아버지가 일제시대에 오사카에서 살다가 해방이 되어 들어올 때 상국이 삼촌은 불과 16세였다고 한다. 1965년 할아버지 환갑 때 할머니가 아들을 기다리면서 20년 만에 만나는 거라고 하셨다. 열여섯 살밖에 안 되는 아들을 어떻게 남의 나라에 두고 올 수 있었는지 우리 할머니 정말 대범하셨다는 생각이 들었다. 더구나 어린 나이에 혼자 남아서 자수성가한 삼촌도 보통사람이 아니었구나 하는 생각도 들었다. 어떻게 생각하면 사업을 크게 하려고 일본인으로 귀화한 것은 아니었을까 하는 생각이 들게 하는 부분이다.

다음날 오후 토요일이라 일찍 나섰다. 결혼식장이 선릉역에 있는 다 노이라는 카페였다. 요즘 작은 결혼식은 이런 곳에서 많이들 한다고 했다. 하루 전에 만났던 일본 친척들 특히 사촌 여동생들이 반갑게 맞아주었다.

신학대학 교수가 주례를 맡아주었는데 너무도 매끄럽게 진행을 잘했다. 신랑 신부 친구들이 거의 다 목회자 지망생들이어서 그랬는지 분위기가 너무 좋았다. 친척들도 아주 가까운 분들만 초대했으므로 하객이 80명 정도밖에 안 되었다. 식사는 뷔페식으로 조촐하게 차렸지만 있을 메뉴는 후식까지 다 있었다. 술만 빠졌다. 접수처는 없었지만 한쪽 벽면에 모금함처럼 생긴 하얀 상자가 놓여 있고 하얀 봉투와 펜까지 준비되어 있었다.

결혼식은 20분 만에 끝났지만 사진을 찍는 데 시간이 더 많이 걸렸다. 신랑은 결혼식장에서까지 한국말 못하는 친척들 때문에 바빴다. 말 그대로 이리 뛰고 저리 뛰었다. 내성적인 가쯔오와는 달리 아주 싹싹했다 조금 한가해지면 우리 집으로 놀러오라고 말했다. 처음 보는 신부에게도 집에 놀러오라고 했다.

결혼식이 예쁘게 치러져서 그랬는지 집으로 돌아오는 내내 마음이 흐뭇했다.

제4장
자손

아이를 키운다는 것

직장에 다닐 때 종종 후배 여교수들한테서 "아이를 어떻게 키우셨어요?"라는 질문을 받곤 했다. 나의 대답은 "밥 다 지어놓고 이렇게 지으면 안 되는데 하는 거…. 딱 그거죠, 뭐", 정말 딱 그 심정이었다.

한국전쟁이 나던 해에 태어난 사람답게 먹을 것만큼 중요한 일이 없다는 듯 아이들 먹을 거 챙겨주면 내 할 일은 다 한 걸로 알고 살았다. 큰 애가 다섯 살 때 나는 대학원에 들어갔고 석사과정 마치고 바로 대학에서 가르치기 시작했으니 아이들에게 한글도 가르쳐줘본 일이 없다. 남의 자식들 가르치러 다니느라 바빠서 내 자식은 내팽개쳐둔 꼴이다.

그렇게 방목할 수밖에 없었던 것은 우선 나의 게으름 탓도 있었겠지만 아이들 공부까지 챙겨줄 만큼 시간도 에너지도 충분치가 않았다. 아이들 어렸을 때도 직장에 가지 않는 날에는 함께 맛있는 거 해먹고, 노는 게 중요했지 뭘 가르쳐야지… 하는 개념이 도무지 내 머릿속에 들어 있질 않았다. 아이들과 있는 시간이 넉넉하지 않아서 더 그랬는지 모르겠다. 아이들과 함께 있는 시간이 너무 좋아서 나는 직장에 다니느라고 '행복할 수 있었던 많은 시간을 날려버렸다'고 생각하곤 했다.

그 대신 아이들이 원하는 것은 무엇이든지 다 들어주는 엄마였다. 스스로는 언젠가 『타임』 잡지에서 읽은 명감독 스티븐 스필버그의 어린 시절 얘기로 자기 합리화를 꾀하면서…. 이혼해서 싱글맘이었던 스필버그의 어머니는 아이들이 원하는 것은 무엇이든지 다 들어줬다는데 스필버그는 그게 그렇게 좋았다고 한다.

밤낮으로 아이들한테는 절제와 훈련이 필요하다고 강조하면서도 남편은 자기 일로 노상 바빠서 육아는 당연히 아내 몫이라고 미뤘으니 둘 다 자기 편한 대로 살았던 셈이다. 그렇다고 대학교수 생활이 불행했느냐? 결코 아니다. 직업이 불만이었다면 아무리 보수가 중요할지라도 25년씩이나 붙들고 있을 수는 없는 노릇이었다. 여러 가지 사정으로 조기 퇴직하기로 결정했을 때 직장생활에서 무엇이 힘들었는지 돌이켜보았지만 연구 업적을 쌓아야 하는 스트레스 빼고는 생각나는 게 별로 없었다.

경제적인 이유 때문에 일하는 여성보다 일이 좋아서 하는 여성들의 보람이나 성취도가 훨씬 높은 것으로 나타난 연구결과는 널리 알려진 사실이다. 하지만 나는 후자에 속할 만큼 운이 좋은 사람은 아니었다. 지금도 경제적인 압박이 없었으면 과연 직장에 다녔을까 돌이켜보면 안 다녔을 거라는 게 솔직한 답이다.

오래 전 찰리 채플린이 살아 있었을 때 아카데미상 시상식에 특별상을 수상하러 나왔던 장면을 잊을 수가 없다. "생계를 위해서 일했어요. 예술은 거기서 탄생했고요." 청중들은 일제히 일어서서 기립박수를 보냈다.

아이들 어렸을 때에는 아침마다 헤어지기 싫어 매달리는 걸 떼어놓고 나가는 게 고역이었다. 마치 겨우 갔다오라고 허락받고 나가는 것처럼 힘들었다. 그래도 나는 그 때문에 울지는 않았다.

내가 아는 교수는 아내가 매일 아침 연년생인 두 아들을 할머니한테 맡겨놓고 나오면 직장인 은행에 도착할 때까지 자기 차 안에서 운다고 하소연했었다. 그래서 눈물의 출근길이라나 하면서…. 우리 큰아들도 딸을 낳은 후 며느리가 출근 때마다 베이비시터한테 맡기고 가는 마음이 너무 안 됐다고 하소연했다.

나는 딱히 해줄 말이 없었다. 서정주의 시 「무등無等을 보며」를 메일로 보냈다.

青山이 그 무릎 아래 芝蘭을 기르듯
우리는 우리 새끼들을 기를 수밖엔 없다

목숨이 가다가다 농울쳐 휘여드는
午後의 때가 오기든
內外들이여 그대들도
더러는 앉고
더러는 차라리 그 곁에 누어라

지어미는 지애비를 물끄럼히 우러러보고
지애비는 지어미의 이마라도 짚어라

아이들은 대학에 들어가자 이미 '내 아들'이 아니었다. 둘째는 군에 입대한 뒤 휴가 나와서조차도 대학 후배들 MT에 쫓아간다고 우리랑 보낼 시간을 내주지 않았다. 군대 갔으면서 거긴 왜 따라 가냐고 물으니 대답이 기가 찼다.

"후배들 키우려고요."

"후배는 키워서 뭐 할 건데…?"

"엄마는 나 키워서 뭐 할 건데요?"

나는 딱히 할 말이 없었다. 그리고 그때에도 이 시를 읊고 있었다.

수학능력시험 SAT 보는 날

해마다 11월 중순이 되면 수학능력시험이라는 거국적 대사가 있어 그와 관련되는 여러 가지 정보와 사건이 뉴스를 장식하며 사람들의 관심을 끈다.

오늘은 2010년도 대학 입시를 위한 수학능력고사를 보는 날이다. 수학능력시험이라면 아니 대학 입시라면 나도 할 말이 많다. 1981년 모교인 성심여대에 부임하여 그 이듬해부터 1997년 전산소장직을 자진 사퇴할 때까지 십여 년 동안 연말연시를 집에서 지내본 적이 없다.

1980년대 초에는 대부분의 대학들이 그랬지만 입시처리를 할 만한 용량의 컴퓨터를 갖추지 못했기 때문에 사실 첫 해에는 입시 데이터를 전산처리하는 것도 아닌데 운영위원이 되어 호텔에 간혀 수작업을 하며 2주 이상 지내는 훈련부터 해야 했다.

그와 관련된 에피소드로 말하자면 헤아릴 수 없이 많다. 하지만 학교에 연수원이 생기고 더 이상 호텔에 가서 일하지 않아도 되던 시절에는 선지원 후시험 제도여서 예비고사 날에 학교 앞에서 벌어지는 갖가지 수험생 부모와 형제, 친척들의 모습을 누구보다도 잘 볼 수 있었다. 굳게 닫힌 철제 정문 앞에 서서 하루 종일 밥도 안 먹고 기도하는 엄마들이 한두 명이 아니던 시절이었다.

1993년 우리 큰애도 대입을 치렀지만 아들의 합격 여부보다도 연수원에 갇혀 지내며 성적처리 프로그램에 에러가 날까봐 신경 쓰는 것이 더 급선무였다. 둘째가 입시를 치렀던 2000년에는 이미 제도가 바뀌어버려서 일단 치른 수학능력시험 성적을 가지고 복수 지원할 수 있었기 때문에 판도가 180도로 달라졌다.

막내는 동네 고등학교에 입학을 했다가 조기 유학을 보내기로 결정하고 그해 가을에 미국의 사립고에 10학년으로 들어갔다. 미국은 9학년부터 고등학교인데 우리는 10학년으로 입학 허가가 나오니까 뭔지 모르고 그냥 들여보냈다. 그리고 10학년으로 들어간 것이 대학 입시에 어떤 점이 불리했는지도 겪어보고서야 알았다. 그러니까 막내도 유학간 지 2년 뒤에는 그곳의 수학능력시험인 SAT를 봐야 했다.

SAT는 기본적으로 세 과목에다 영어와 수학이다. 그리고 여러 번 볼 수 있는 시험이어서 우리의 수학능력시험처럼 가혹한 처사는 아니지만 서울서부터 기러기아빠가 지각하면 절대 안 된다고 국제전화로 엄포를 놓으셨다.

토요일 아침 건너편 동네 공립학교에서 그날 보겠다고 신청한 인근 학교 학생들이 모여 시험을 보는데 아침 8시에 시작해서 오후 1시에 끝나니까 점심은 안 싸도 된다고 했다. 서둘자고 하는데도 막내는 언제나처럼 늑장이다. '혹시라도 무슨 일이…' 하는 마음에 나만 노심초사였다. 우선 주차장이 우리 애가 다니던 사립학교보다도 훨씬 더 넓은 학교여서 좋았다.

주차장 걱정도 할 필요가 없는 것이 18세가 넘어 차가 있는 아이들은 스스로 운전해서 왔지만 부모나 형제 또는 친구가 데려오는 경우에도 그냥 내려주고 다들 가버린다. 나는 모처럼 전업주부가 되어 막내아들 시험 보는 날 문밖에서 기도라도 해야 할 것 같은 심정으로 차를 주차하고 서성거리며 구경하고 있었다. 그리고 학생들이 끝없이 길게 줄을 섰다가 정문으로 들어갈 때 운전면허나 학생증을 보여줘서 신분을 확인하는 절차도 보고 있었다. 그날은 수험생이 300명 정도 되었는데 문밖에서 기웃거리는 엄마는 딱 나 하나였다.

일찍 가서 정문 가까이 비교적 앞에 줄을 서 있던 막내가 휴대폰으로 집에 가지 않고 거기서 뭐하고 있냐고 호통을 친다. 그래도 나는 내가 서울에서 보아온 많은 수험생 엄마들처럼 큰애 때도 못해보고 둘째애 때도 못해본 수능날 뒷바라지를 좀 잘 해보자고 그러고 있는데 막내는 빨리 집에 가서 잠이나 자라고 아주 야단을 친다.

그래도 나는 학생들이 다 들어갈 때까지 꿈쩍 않고 있었다. 그야말로 학교 정문 앞에는 개미새끼 한 마리 얼씬거리지 않는데…. 예비고사 시절 학교에서 일하느라고 형들 시험 보는 데 한번 따라가주지 못한 보상을 막내한테나마 해보려고 애를 썼지만 여기선 해줄 게 별로 없다는 현실이 한심했다.

나는 스타벅스 애호가가 아니므로 가까이에 있는 맥도날드에 가서 커피를 시켜놓고 지나간 일들을 돌이켜보았다. 학교에 컴퓨터를 전공한 사람이 나 하나뿐이던 십여 년 세월이 그래도 나에게는 전성기가 아니었을까? 유행가 가사처럼 내가 얻은 것이 무엇이고 잃은 것이 무엇인지, 아니 잃었다고 하기보다도 대가로 치른 것이 무엇인지가 보이는 듯했다.

아이들의 일거수일투족을 지켜보지 못한 것이 내가 치른 대가였다. 우리 아이들은 저절로 아니 스스로 컸다는 생각이 들었다. 그렇게 크게 내버려둔 것이 아이들에게 꼭 나빴던 일이라고 생각되지는 않았다. 다만 아이들과 함께 해주지 못하고 그 힘든 길을 혼자 가게 내버려두었던 시간이 한없는 아쉬움으로 가슴을 치는 것이었다.

청산은 멀다.

청산은 벼랑으로 가득 찬 별 아래 어디쯤에서 흐려지고 있는데,

빨간 갑옷에 반점 선연한 무당벌레 한 마리가

날며,

기며,

찾아가야 할 곳….

청산은 멀다.

— 이건청 「청산 가는 길」

막내도 9월생이라 그해 10월에는 운전면허를 땄고 SAT 선택과목 시험을 보는 날에는 스스로 운전하고 가버려서 그나마 실어다 주는 일도 해줄 필요가 없었다.

동물원에 먹으러 왔나

캘리포니아에 사는 큰아들이 페낭에서 있을 처제 결혼식에 가는 길에 집에 와서 열흘 놀다가겠다는 계획을 알려오자마자 제일 먼저 생각나는 것은 서울대공원 동물원이었다.

큰아들네는 자기들 결혼식을 올리러왔던 2005년 12월 이후로 처음 오는 것이기도 하려니와 그 사이에 손녀가 태어나 세 살이 되었고, 며느리는 두 번 왔었지만 겨울에만 왔었기 때문에 평소에도 서울의 가을을 보고 싶다고 했었다.

나는 동물원에 안 가본 구석이 없는 열성 팬이다. 이십여 년 전 어느 가을날 여교수들 성경공부반에서 서울대공원으로 피크닉을 갔는데 동물원 안의 단풍든 나무들에 아주 반해버렸다. 2000년부터 약 오 년 동안 고등학생 딸들 뒷바라지하던 올케가 주말이면 기사 노릇하느라 더 바빠져서 빠지고 주로 둘째 남동생이랑 동물원에 다녔다. 게다가 아들 손녀 며느리와 함께 갈 수 있는 기회라는 게 나한테는 그리 자주 오는 일은 아니지 않은가?! 생각할수록 신이 났다.

드디어 동물원 가는 날 내 코스대로 전철을 탔으면 좋겠지만 미국서도 세 살 미만에게는 신종 플루 예방주사를 안 놔줬다면서 사람 많은 데 피하자는 아들 의견을 무시할 수 없어 택시를 타고 달렸다. 분수대 앞에 내리자마자 아들은 아침 먹은 지 얼마 되지도 않았는데 '한동 황우촌' 간판을 보더니 뭘 좀 먹자고 한다. 닭고기를 좋아하는 며느리는 건너편에 KFC 간판을 보더니 누군가 같은 KFC도 한국 것이 더 맛있다고 했다면서 그걸 먹겠단다.

KFC 쪽으로 가는데 길에서 파는 번데기를 보더니 아들이 그걸 먹어야겠단다. 우리 가족 중 유일하게 번데기를 먹을 줄 아니 못 말렸다. 문제는 과연 손녀가 먹겠느냐 하는 것이다. 종이컵에 든 번데기를 보더니 며느리는 고개를 젓고 손녀는 날름 받아먹더니 맛있는지 더 먹겠단다. 이쑤시개에 꽂은 번데기를 둘이 하나씩 들고 '번데기까지 먹을 줄 아는 장한 부녀' 기념사진도 여러 장을 찍었다.

KFC에 들어가서는 다른 음식도 먹어야 한다며 치킨을 한 쪽씩만 먹자고 선언을 한다. 거기서 나오더니 이번엔 '한동 황우촌'으로 직행했다. 아들은 자기가 어릴 때 먹었던 그 무슨 메뉴가 없다면서 짜장면을 시키고 나는 떡볶이를 시켰는데 자기들이 더 잘 먹는다.

세 살짜리 손녀가 좋아할 거라고 코끼리 열차를 타자고 했다. 손녀는 아직 너무 어린지 어리둥절한 표정이고 둘이 더 좋아한다. 단지 너무 짧은 게 아쉬운 모양이다.

동물원 안으로 들어가니 키가 커서 제일 눈에 띄는 게 기린들이다. 아들은 사진 찍느라 바쁜데 손녀는 자기가 구경할 생각보다 자기가 안고 다니는 인형에게 기린을 구경시키려고 애를 쓴다. 도무지 이 아이는 어른들이 자기한테 그렇게 하기 때문에 자기도 그러는가. 우리는 자기 좋으라고 동물원에 왔는데 자기는 꼭 인형 좋으라고 동물원에 온 것처럼 행동한다. 걸을 때에도 더 많이 보여주려고 나 혼자 마음이 급하지 아들과 며느리는 느긋하기 그지없고 손녀 또한 자기 보행기에 인형을 태우고 끄느라 정신없다.

몇 발자국 안 가니 와플 파는 곳이 있었다. 어떤 유럽인이 서울대공원에서 파는 와플이 자기가 먹어본 중에 제일 맛있었다고 신문에 쓴 기사를 봤다면서 학교 후배가 나한테 먹어봤느냐고 묻더라는 얘긴 괜히 했지. 이번에는 와플을 먹겠다고 멈추었다. 아들이 좋아해서 집에 와플 굽는 팬까지 놓고 사는 사람들인데도 아주 맛있어 한다.

이번엔 왼편으로 사진 찍으라고 동물들 상을 만들어 세워놓은 화단이 나왔다. 손녀도 꼼짝 않는 동물들이 만만한지 만져보고 타

보고 인형을 앉혀보고 태워보고 떠날 줄을 모른다.

반대편에 사람들이 웅성거리며 몰려가고 있어 호기심 많은 내가 앞장을 섰다. 코끼리 울타리에 설명회가 있다. 코끼리가 사과를 받아먹기도 하고 각각 다른 울 안에 서 있는 코끼리가 담 너머로 코를 마주 대는 희한한 키스 장면도 연출하고 있는데 이번에도 손녀는 자기 인형이 그 장면을 놓칠까봐 안달이다.

겨우 달래서 몇 발자국 가니 목이 마른지 마실 것을 사야겠다는데 마침 롯데리아가 있다. 아들은 "아직도 불고기 버거를 하나요?" 하더니 그걸 먹겠단다. 먹어본 적이 없는 며느리까지 가세한다. 나는 도무지 이 식구들 점심을 몇 번 먹는 거야? 하는 태도로 애꿎은 커피만 마시고 있다.

신종 플루 때문에 동물원에는 보통 때보다 사람들이 훨씬 덜 온다고 TV 뉴스에도 나왔지만 그래도 돌고래 쇼를 보려는 사람들은 더러 있는지 움직임이 꽤 부산스럽다. 우리도 돌고래 쇼를 보기로 결정하고 올라가는데 오른편 벤치에 어떤 할머니와 할아버지, 그리고 초등학생 정도 돼보이는 손자가 앉아서 구운 옥수수를 먹고 있다.

그걸 보더니 며느리가 "저걸 놓치면 안 되지" 하면서 이번엔 또 그걸 사먹겠단다. 그거 사러갔다가 반건조 오징어까지 사들고 왔다. 보행기를 문 앞에 맡기고 돌고래 쇼 장에 들어가 앉아 냄새나는 오징어를 씹는데 손녀는 쇼를 반도 못 보고 아주 그로키 상태가 되어 아빠 품에 곯아떨어지고 나는 나무젓가락에 꽂은 구운 옥수수 두 개를 들고 앉아 있어야 했다.

쇼는 삼십 분도 안 돼 끝나고 주인공은 보행기에 옮겨도 한밤중이니 두 사람은 한층 더 살판났다는 듯이 사진을 찍는 데 열심이다. 단풍이 곱게 든 나무만 보아도 찍는다. 가을다운 가을이 없는 동네에 사는 사람들 티를 되게 내네. 아들은 "동물원을 정말 잘해 놓았어요"라는 감탄사를 연발한다.

"미국 동물원보다 낫냐?"

"그럼요!"

나도 샌프란시스코 동물원을 가본 일이 있지만 아주 오래 전이고 비교적 최근에 포틀랜드와 산호세 동물원에 가봤지만 둘 다 서울대공원 동물원하고는 비교도 안 될 만큼 규모가 작았다. 두 사람 다 네브라스카 링컨에서 대학을 다녔으니 유명한 오마하 동물원은 가봤을 것 같아서 거기보다 낫냐고 물었더니 단연 그렇단다.

기분이 좋았다. 퇴근시간 러시에 걸리기 전에 집으로 가기로 결정하고 내려오는데 무슨 소리가 난다. 혹시 정문 입구 쪽에서 하는 홍학 쇼가 시작되나 싶어서 혼자 뛰다시피 걸었다. 홍학 쇼는 11월부터 2월까지 휴무라는 공고가 나붙어 있고, 들리던 소리는 멈춰버려 근원지를 알 수가 없는데 아이들은 화장실에 갔는지 내려오지 않았다.

벤치에 앉아 아들 손녀 며느리와 다니는 것이 혼자 다니는 것보다 과연 더 좋았는가 생각해보고 있는데 세 식구가 불쑥 나타났다. 손녀가 아직도 보행기에서 자고 있으니 코끼리 열차를 타지 말고 걷자고 했다.

며느리가 남편 몰래 왜 늦었는지 고자질한다. 그 사이에 핫도그와 와플을 하나 더 사먹었다는 것이다. 도무지 이 친구들, 미국서 굶다 왔나?

15살 때 미국 이민 갔다는 막내아들 친구의 아버지가 하던 얘기가 떠올랐다.

"이젠 서울에 갈 일이 별로 없어요. 혹 가게 되면 먹으러 가요."

우리 아들도 동물원에 먹으러 왔나?

부자 좋아하네

지난 10월 미국에 있는 막내아들이 군 문제로 잠시 집에 다녀갔다. 이십 일 있는 동안에 우리와는 겨우 두 번 저녁을 먹었을 정도로 친구들을 만나러 다니느라 바빠서 대화다운 대화도 나눌 틈이 없었지만 뜬금없이 “엄마, 나 부잣집으로 장가갈래요” 했던 말이 한동안 마음에 앙금처럼 남았다.

사실 그 말을 처음 듣는 순간에는 고등학교 때부터 조기 유학시키고 있는 돈 없는 돈 다 털어가면서 동부의 사립대학에 보내면서 엘리트로 키워보려고 나름 노력했는데 기껏 부잣집 딸이나 겨냥하는 인물로 컸나 싶어 한심스럽기 그지없었다. 진짜 한심했다. 물질주의가 팽배한 요즘 세태에 아이들이 그렇게 생각하는 거 지극히 정상이라는 매스컴의 전달이나 주변 이야기는 별 도움이 되지 않았다.

아들들이 어떤 말이나 행동을 하면 저 나이 때 나는 어떻게 생각하고 어떻게 행동 했었는지를 돌이켜보는 버릇이 있다. 보통 때와 다름없이 젊은 시절을 생각하다보니 코웃음이 절로 나왔다.

우리 친정 부모님은 1940년대 말 당시로서는 아주 드문 연애결혼의 선두주자들이셨다. 그럼에도 불구하고 두 분의 결혼생활은 결코 행복하지 못했다. 그때에는 피임약도 피임기구도 없던 시절이어서 자녀는 많이 낳고 그로 인한 생활고의 연속으로 중년이 되어서부터는 별로 만족스럽지 못했던 생활을 했었다. 그것이 바로 내가 중고교를 다녔던 1960년대 일이다.

중학교 때는 그런 일이 아주 먼먼 날의 일로 여겨져 그런 생각을 해본 일이 별로 없었지만 고등학교 때에는 아무리 좋아하는 사람이 나타나도 부자가 아니면 절대로 결혼하지 않겠다는 생각을 잠시 했었다. 우리 엄마 봐. 너무나 좋아해서 외할아버지께서 그렇게 반대하셨는데도 고집 부려서 시집가더니 저 모양이잖아. 나는 절대로 그렇게는 안 하지. 맘속으로 맹세에 맹세를 거듭했다.

졸업을 앞둔 대학 4학년 가을 학기 우리 집과는 수준 차이가 대단히 나는 재벌이나 다름없을 정도의 갑부 집에서 혼담이 들어왔다. 친정어머님의 반응은 상상을 초월했다. 춘천의 기숙사에서 생활했기 때문에 그때까지 혼자서 옷을 맞추러 다녀본 일이 없었던 나를 서울 친구 집에 부탁해서 명동의 일류 양장점에 데려가

새로운 코트와 정장을 맞추게 하고 새 구두를 사주라고 부탁했다. 새 핸드백도 구비하라고 주문했다.

나는 참으로 어리둥절했지만 엄마가 시키는 일을 거역해본 일이 별로 없는 착한 딸이었다. 그렇게 옷차림 때문에 여러 차례 불려다니는 동안에 나도 모르게 이것은 절대로 실패하면 안 되는 미션으로 느끼게 되었다.

처음 만나기로 한 날은 아는 분이 동반해주었으므로 신랑감이라는 남자하고는 말 한마디 나눠보지 못하고 헤어졌다. 다음날 다시 만나자고 해서 나갔더니 이번에는 내 또래의 아주 세련된 다른 여성도 나와 있었다. 왜 둘을 함께 불렀는지 알 수 없는 노릇이었지만 어렴풋이 비교하려고 그랬나 하는 생각도 하고 있었다. 30분 이상을 합석해 있는 동안 나는 정말 꿔다놓은 보릿자루처럼 말 한마디 끼어들지 못할 정도로 둘은 대화에 열중이었다.

그러더니 내가 자리를 뜰 생각을 안 하고 철거머리처럼 들러붙어 있는 것이 기특해서 그랬는지 아니면 가여워서 그랬는지 모르겠지만 그 여성을 먼저 보내더니 저녁을 먹으러 가자고 했다. 뭘 먹겠느냐고 물어보지도 않고 명동에 있던 한일관으로 쑥 들어가더니 갈비탕을 시켰다. 나도 따라 시켰다. 중학교부터 계속 여학교만 다녀서 처음 보는 남성하고 활발하게 얘기를 해본 경험이 별로 없었던 나는 밥만 먹었다.

마주 앉아 있는 사람이 무지무지하게 부자라는데 왜 이렇게 가난하게 느껴지지? 양식집에 가지 않고 갈비탕을 먹고 있어서 그럴까? 그런 생각을 했던 것 같다.

밥을 다 먹고 나자 이쑤시개를 고르면서 나한테도 하나 건넸다. 나는 이가 좋아서 그때까지 이쑤시개를 사용해본 적이 없었으므로 '왜 이걸 나한테 주지?' 하며 정말 의아해했다.

한일관을 나와서 차를 마시자면서 당시 명동성당 건너편에 있던 YWCA 지하 다방으로 들어갔다. 지금이야말로 무슨 얘기든 해야 할 시점이었다. 내가 재벌과 선을 본다면서 생전 안 가던 명동에 들락거리고 바쁘게 쫓아다니는 걸 보며 친구들이 했던 말이 생각나서였다. 무엇보다도 그것이 궁금해서 물었던 것 같다.

"여자들을 사서 논다는데 그게 정말이에요?"

그 사람은 아무 대답도 하지 않았다. 무슨 얘기를 하는지 모르는 것 같았다. 철부지였던 나는 그것이 얼마만한 실수였는지 모르고 있었다. 지금 돌이켜보면 내 스스로도 낯 뜨거워지는 말인데 듣는 사람에게는 그보다 더한 모욕이 어디 있을까?

나는 보기 좋게 딱지를 맞았다. 너무 어리다는 것이 이유였다. 내가 딱지맞은 것은 별 일이 아니었다. 어떻게든 성사시켜 보려고 아낌없이 투자했던 어머니가 가엽고 불쌍하고 미안해서 뵐 면목이 없어진 것이 문제였다. 어머니한테는 이쑤시개 얘기만 하고 그래서 "자상한 사람이구만…" 하는 아쉬움의 탄성을 들었지만 다른 얘기는 하지 못했다. 나는 부자가 될 수 있었던 하늘이 준 기회를 날려버렸다.

만약 남편이 막내아들의 얘기를 들었으면 어땠을까? 또다시 흥분했겠지. 대학을 선택할 때 부잣집 아이들이 많이 간다는 C대학에 입학허가가 나왔는데도 거기 보내면 부잣집 딸 만나 골병든다고 반대했던 남편이다. 그때에는 오히려 내가 부잣집 딸 편이었다.

"부자들이 얼마나 무서운데… 아무나 사위 삼는 줄 알아요? 온갖 테스트 다 하고 거기 패스해야 데려가는 거예요."

"그런 수준에 맞추려면 애먹는다고 반대하는 거야. 그런 의미 없는 짓은 왜 해?"

"부잣집 사위가 될 만한 자격을 갖추기만 해도 수준 이상이지."

구체적인 사안이 없을 때 이런 논쟁을 한다는 것은 말장난이다. 이런저런 생각을 하는 동안에 막내의 발언이 조금도 심각하지가 않아졌다. 속으로는 막내야, 나도 너만 할 때에는 그런 생각을 했던 적이 있었지. 그런데 그게 아무 소용이 없더라. 네가 부잣집 딸과 결혼하겠다는 거 하나도 안 섭섭해.

네가 부잣집에 장가들겠다고 맘을 먹는다고 해서 그렇게 되는 일인 줄 알아? 두고 봐. 그렇게 네 맘대로 되나.

그리고 설령 네가 부잣집에 장가든다고 해도 분명한 것은 네가 부자가 되는 게 아니다. 부자 부모님 재산 물려받으려고 하다 머리가 다 희었다는 사람도 봤다. 살아봤으니까 좀 아는데 네 스스로 부자가 되려고 노력해서 네 꿈을 이루는 것이 훨씬 더 재미있고 보람찬 것이다. 네가 그렇게 부자가 되고 싶다면 말이다.

나쁜 시어머니가 되어도 할 수 없어

지난 6월초 미국 가서 한 달 가까이 큰아들네 집에서 묵을 계획이라고 하니까 나보다 열 살 이상 아래인 이웃의 엄마가 펄쩍 뛴다. 어떻게 며느리한테 그렇게 큰 민폐를 끼치려고 하느냐는 식이다. 절대 하면 안 될 일을 하려는 사람 취급을 하는 것이었다.

기분이 조금 나빴다. 어떻게 나를 근거도 없이 무례한 취급을 하는 거지?

우리 한국 사람들은 고부 사이가 좋지 않은 것을 정상적인 것으로 인식하고 있다. 그렇지만 제주도 사람들은 육지 사람들에 비해 고부관계가 좋은 편으로 알려져 있다. 우선 우리는 딸과도 살지 않지만 며느리와도 함께 살지 않는다. 남아선호사상 때문인지 모르지만 아들을 위하고 며느리에게 잘하는 편이다. 며느리를 위하는 것이 집안을 위하는 일이라고 생각하는 것 같다.

나의 경우를 말하자면 고부관계가 원만하지 않았던 어머니 밑에서 자랐으니 그런 선입관을 가지고 있지 않다고 말할 수는 없다. 더구나 인생 목표를 고부관계가 원만한 며느리가 되자 이러면서 살지도 않았다. 그렇지만 나는 시어머니와 사이가 나쁘지 않았다.

미국 유학생이었던 남편하고 결혼해서 7년 반 나가살다 들어왔는데 시어머님이 어느 날 "경제력이 있었으면 나는 안 살았다"라고 충격적인 발언을 하셨다. 그게 '너 경제력 있다고 까불지 말라'는 뜻으로 들리지는 않았다.

나와 내 며느리는 어떤 사이일까? 중국인이라고 3년이나 결혼을 반대했던 터라 시작이 좋았다고 말할 수는 없다. 며느리 될 사람을 소개한다고 처음 집에 데려왔을 때 나는 내 스스로도 믿기지 않을 만큼 편치 않게 대했던 사실을 고백하지 않을 수 없다. 거의 화를 내는 정도였으니까.

다음날 아침 학교에 가서 친하게 지내던 심리학과 교수를 찾아갔다. 전날 저녁 있었던 일을 얘기했더니 "아니 괜찮아요. 그 정도쯤이야! 처음 데려온 날 뺨 때리는 엄마도 봤어요"라는 말을 아무렇지도 않게 이야기했다.

아들을 빼앗기는 것 같아서 그런지 다들 별의별 방식으로 정상적이지 않게 반응한다는 것이다. 어떤 며느리는 결혼에 반대했던 것에 대한 앙갚음으로 애를 낳더니 시어머니에게 보여주지 않는 일도 있다 한다. 짐리는 바가 있어서 그랬는지 모르지만 결혼을 허락할 무렵 중문과 교수한테 중국인들의 일반적인 고부관계가 어떠한지 물어보았다. 다행히도 그들의 고부관계는 한마디로 '친구 같은 사이'라는 답이 돌아왔다. 안심이 되었다.

그리고 손녀가 태어나서 돌이 지날 무렵 아들네에 가서 몇 달 지내게 되었다. 며느리도 말이 많지 않은데다 내가 영어로 수다떨 실력이 안 되므로 필요한 말만 하고 그럭저럭 지내고 있었다. 어느 날 아들이 매일 점심을 나가 사먹는 것도 지겹다면서 도시락을 싸달라고 했다. 아침부터 나를 바쁘게 했던 주문이었다. 며칠이 지나자 며느리가 자기도 도시락을 싸달라고 했다. 그때 나는 혼자만의 오해인지는 모르지만 며느리에게 결혼을 반대했던 일을 용서받은 걸로 이해했던 것 같다.

이웃집 엄마의 경고는 나로 하여금 궁색한 변명을 하게 했다. 삼사 년 전 아들네 동네 프리몬트에서 남편 따라 교회에 갔다가 들은 얘기를 했다. 해마다 여름이면 등장하는 우리를 반갑게 맞아주면서도 "혹시 너무 자주 오시는 거 아녜요?" 했던 교우가 있었다. 자식들이 싫어할 수도 있다는 얘기였다.

아들에게 그 얘기를 했다. 아들은 "엄마, 어떤 부모가 오시느냐에 따라 다른 거 아녜요?" 나는 우리가 오는 것을 환영한다는 뜻으로 들었다고 이웃의 엄마한테 얘기했다. 그랬더니 "에이, 전혀 반대로 들으셨네" 하는 것이었다.

얼마 전에 들은 임 아무개라는 고등학교 선배 얘기가 생각이 났다. 평소 남편이랑 사이가 좋지 않아서 이혼하고 싶어도 시어머니 때문에 살아왔는데 작년에 시어머니가 돌아가셨다는 것이다. 그래서 새삼 갈등 중이라고 했다. 아직 이혼했단 얘기는 못 들었다. 가끔씩 만나는 후배 교수도 마찬가지다. 시어머니 인품이 너무 좋아서 주말에 시골 가는 일을 남편보다 더 좋아하는 사람이다.

나는 그렇게까지는 바라지 않아. 겨우 일 년에 한번 오는데 반가운 존재일 수는 없을까? 며느리는 결혼할 때에 비하면 우리가 기대했던 것보다 훨씬 잘 나가고 있어서 아들은 날이 갈수록 집안일을 더 많이 한다. 직장 다녀와서 밥하는 중국 남자가 되어가고 있는 것이다. 며느리 직장은 멀고 아들 직장은 십 분 거리라서 그렇다지만 세 아이를 실어나르는 일도 아들 몫이다.

아파트에 사는 막내한테 밑반찬을 해주려고 며느리가 싫어하거나 말거나 장을 잔뜩 봐왔다. 막내는 룸메이트가 요리할 줄 아는 친구에 냉장고가 용량 부족이라고 아무것도 하지 말라고 한다. 이거 어떻게 해? 서울 가기 전에 이 재료들을 다 소모해야 되는데.

또 다시 이웃 엄마의 경고가 들린다. 며느리는 내가 와 있는 것을 싫어하나? 눈치를 본다. 어떻게 생각하면 눈치보는 것도 이번이 처음이다. 지난 십이 년 동안 아들네 와서 뭐든지 다 내 맘대로 했다는 생각이 들었기 때문에 더 그랬는지도 모르겠다.

며느리는 요즘 이사 갈 집을 어떻게 수리할 것인지 궁리하느라고 집에 오면 해놓은 밥을 먹고 설거지는 남편에게 시키고 컴퓨터에 코를 박고 있다. 선에는 한국 드라마 보느라 바쁘더니 요즘은 리모델링하느라 바쁘다.

내가 가 있는 동안 애기가 아팠다. 데이케어에서 데려오지 말라고 했기 때문에 내가 돌봤다.

"아기 보면서 저녁 준비하는데 힘들지 않았어요?" 하면서 "테이크아웃 해서 먹어도 되는데…"가 인사였다. 감사하다는 말을 저렇게 하는 거겠지?

우리 시어머니가 나를 제일로 칭찬하셨던 말씀이 떠올랐다. 남자로 태어났으면 단단히 한자리 할 사람인데…. 너는 어쩌면 나보다 더 한자리할 사람이었구나.

귀신 얘기

세 아들 중에 둘이 캘리포니아에 사니까 적어도 일 년에 한 달은 가서 지내려고 애를 쓴다. 사람들이 나이가 더 들면 비행기 여행이 힘들어진다고 하니까 조바심이 나서 더 가게 되는지도 모르겠다.

지난 겨울은 막내가 사는 아파트에 투 베드룸을 얻어서 두 달 이상 지내게 되었다. 막내 아파트가 편해서만 그랬던 것은 아니고 남편이 세 아이를 데리고 맞벌이하는 큰며느리가 힘들어한다고 가능하면 큰아들네에 가는 것을 자제하라고 했다. 그래서 우리가 함께 지낼 수 있는 시간은 오직 주말에 다 함께 모여서 저녁을 먹는 것뿐이었다.

그래도 서울로 오기 전 주말에는 토요일 밤에 가서 자겠다고 했다. 나를 대대적으로 환영하는 두 손녀와 게스트룸에 자기로 했다. 열 살짜리 큰손녀가 귀신 이야기를 해달라고 한다.

와아! 할머니가 된 후 최대의 도전이었다. 아들 셋을 키웠지만 귀신 얘기를 해달라는 아이는 없었다. 귀신 얘기를 해본 일도 없었다. 더구나 미국에서 낳고 자란 손녀가 만에 하나 귀신 얘기를 해달라고 할지도 모른다는 예상을 했으면 가기 전에 책방에 가서 뒤져보았을 것이다.

아이러니컬하게도 누구 주려고 가지고 간 맹난자 선생의 『본래 그 자리』에 나오는 주자 편 귀신 이야기를 읽고 있었지만 열 살과 다섯 살짜리에게 그 수준의 이야기가 통할 리 없다.

내 어릴 적 생각을 하지 않을 수 없었다. 외할머니 댁에서 자랐지만 외할머니는 단 한번도 귀신 얘기를 해주신 일이 없었다. 농사 일로 종일 바빴던 할머니는 초저녁부터 주무시기 바쁘셨다. 어머니는 내가 아홉 살 때 이미 남동생을 셋이나 낳았으므로 애기 보느라 바빠서 귀신 이야기를 할 틈도 없었다. 간혹 가다 저녁 때 시간이 난다고 해도 빌려다보는 일본 잡지 보느라 바쁘셨다.

그러고 보니 나한테 귀신 얘기를 들려준 것은 할머니네 일하러 와 살던 병생이 언니였다. 병생이 언니는 서울로 식모살이를 하러 간 언니의 근사한 사진이 들어 있는 편지를 보여주면서 자기도 서울로 가고 싶다고 했다. 할머니 말씀으로는 제주도 국회의원 서울 집으로 식모살이를 갔다는 것이다.

병생이 언니는 글을 못 읽었다. 그 편지도 내가 읽어주었는데 그때부터 나한테 글을 가르쳐달라고 했다. 그러면 내가 해야 할 일을 자기가 다 해주겠다는 것이다. 종이와 연필을 구비한 것도 아니고 아궁이에서 재를 평평하게 깔아놓고 부지깽이로 글을 쓰면서 한글을 배우겠다는 학구열도 돌이켜보니 눈물겨운 일이었다.

저녁마다 언니 방으로 기어들어가서 한글을 가르쳤던 기억은 없고 귀신 얘기를 들었던 기억은 났다. 눈 코 입이 없는 귀신, 팔다리가 없는 귀신 등 왜 귀신들은 하나같이 흰옷을 입고 긴 머리카락을 하고 있는지 모르겠지만 나도 그렇게 얘기할 수밖에 없었다.

처음에는 드러누워 듣겠다던 손녀들이 벌떡 일어나 앉았는데 하필이면 그 시점에 천정에 큰 거미가 붙어 있는 것이 발견되었다. 이 집의 시종무관 아빠를 불러대지만 벌써 잠이 들었는지 안 나타나서 우리는 하는 수없이 손녀들 방으로 옮겨가야 했다.

캘리포니아는 지난 6년 동안 가뭄이었는데 이번 겨울에는 산호세에 홍수가 날 정도로 비가 많이 왔다. 3월에 비가 오는 일은 극히 드문 일이다. 그날 밤도 비가 와서 어디선가 낙숫물 떨어지는 소리가 났다. 귀신 이야기하기에 안성맞춤인 날씨였다.

내 어릴 때 외갓집은 제주도립병원 뒤에 있었다. 병원 뒤에 숲이 병원 부지보다 더 컸다고 생각될 만큼 우거져 있었는데 그 숲 속에 시멘트로 된 컨테이너 박스처럼 생긴 소각장이 있었다. 종종 그것도 저녁시간에 연기가 나곤 했다. 언니는 그것이 사람이 죽으면 태우는 것이라고 했다. 그래서 그 숲에 귀신이 많이 나온다고 도 했다. 나는 무서워서 밤에는 집 밖으로 나갈 엄두를 못 냈다.

아들네에도 집 앞에 아주 큰 나무가 세 그루나 있다. 손녀들한테 지금 비가 오고 있어서 귀신이 저 큰 나무 위에 와 있을지도 모르니 창문을 열어보자고 했다. 손녀들은 겁이 나서 절대 못 열게 했다. 그러고는 진짜 귀신이 있느냐고 물었다. 나는 본 일이 없지만 봤다는 사람도 있다고 했다.

병생이 언니는 병원에 등장하는 귀신들을 잘도 많이 알았다. 글도 못 읽으면서 어떻게 그렇게 많은 귀신을 알았는지 지금 생각해도 믿기 어려울 정도다. 당시 제주의 변소에는 돼지들을 키우고 있었다. 물론 애들이 혼자 변소 가기에는 낮에도 어려운 일이었다. 밤에는 더더욱 혼자 절대 못 가게 만든 것이 변소에 나오는 귀신 얘기였다. 돼지가 귀신으로 둔갑해서 아래에서 끌어내린다는 얘기가 너무 무서웠다. 손녀들은 화장실이 집안에 있는 것으로만 아니까 변소를 아무리 설명해도 이해가 가는 것 같지 않았다.

서울 와서는 교보문고부터 갔다. 귀신 얘기를 찾아보기 위해서였다. 만화로 된 것들이 좀 있긴 있었다. 귀신 얘기가 아들들 보러 갈 때 필히 챙겨가야 할 과제로 등장했기 때문이다.

제5장

인생공부

나의 돈벌이에 대하여

요즈음 내가 가장 재미있어 하는 텔레비전 프로가 〈비정상회담〉이다. 내용이야 어떻든 배울 점이 있나 없나를 떠나서 젊은 외국인들이 한국말을 너무 잘하는 것에 매료되어 시간가는 줄 모르고 보게 된다.

지난 월요일에는 아르바이트(알바)의 의미에 대해 토론이 한창이었다. 당연히 나도 젊은 시절 내가 아르바이트했던 때를 생각하지 않을 수 없었다. 나는 고등학교를 졸업할 때까지 아니 대학교를 졸업할 때까지도 알바를 해본 적이 없다. 1960년대 말 그때에는 알바라는 말도 없었고 정규직 이외의 돈벌이라고는 과외선생이 되는 것 외에는 거의 없었다.

고향 제주를 떠나 당시 성심여대가 있었던 춘천에서 대학을 다녔다. 4년 동안 기숙사 생활을 했다. 같은 과도 아니면서 같은 방도 아니면서 왜 그렇게 친해졌는지 모르지만 서울 친구 S는 내가 방학 동안에 제주에 내려가 있는 것이 싫어서 집에 가지 말고 자기 친구 집을 소개해줄 테니 입주 가정교사를 하라고 했다.

나는 식구들이 보고 싶었고 가정교사를 해야 할 만큼 우리 집이 가난하다고는 생각하지 않았고 그리고 스스로가 대입 준비를 하는 고등학생을 가르칠 만큼 실력이 있다고도 생각하지 않았다. 그리고 살아오면서 내내 그 일을 후회했다.

나중에 알게 되었지만 친구가 소개해주겠다고 했던 집은 지금도 100대 기업 안에 들어가는 부잣집이었다. 입주 가정교사로 들어갔으면 내가 가르칠 수 있는 것보다 훨씬 더 많은 것을 보고 배울 수 있었을 텐데 좋은 기회를 영원히 날려버렸다.

대학을 졸업하고 고향 제주에 내려가서 중앙여중 과학 교사가 되었다. 편안했던 대학 기숙사 생활에 비하면 너무 힘든 생활이었다. 일주일에 스물한 시간 가르치는 것 외에도 하루 한 시간씩 성적이 부진한 학생들을 한 학급으로 만들어 가르쳐야 했고 3학년 담임이었으므로 고등학교 입시를 위한 지도를 하루 한 시간 또는 두 시간씩 해야 했다.

그때는 어떤 직장에 들어가든 첫 해가 제일 힘들다는 사실도 몰랐고 무슨 일이든 적응하면 쉬워진다는 것도 몰랐다. 어떻게든 떠나야겠다는 생각만 했다. 월급도 받아오면 봉투째 어머님께 드리고 용돈을 타가는 상황이었다. 그때 월급이라도 맘대로 쓸 수 있었으면 제주에 남았을까 돌이켜보아도 그것은 아닌 것 같다. 월급을 맘대로 하지 못했기 때문에 집을 떠났다고 생각되지는 않고 4년 동안 집을 떠나 있으면서 독립적인 생활을 해오던 것이 몸에 배었는지 그냥 집을 떠나고 싶었던 것이 더 큰 이유였다.

대학시절 나를 예뻐하셨던 당시 교무처장이었던 김 수녀님께 편지를 썼다. 학교에 조교 자리가 있으면 들어가고 싶다고 했는데 운이 좋았는지 다른 지원자가 없어서 올라오라는 연락을 받았다.

좋았다. 4년 전에는 그렇게 울며불며 배를 타고 떠나던 고향이었는데 2학년 때 비행기가 다니기 시작했으므로 지금은 비행기 타고 산뜻하게 떠날 수 있어서 좋았다. 기쁜 마음으로 집을 떠날 수 있어서 좋았다.

대학은 그해에 기숙사 방이 모자란다고 조교들은 학교 밖으로 나가 살라는 명령이 떨어졌다. 그래도 점심과 저녁 식사는 주겠다니 지금 돌이켜보면 그것만으로도 감지덕지할 일이었다. 학교 앞 주택가에 방 하나를 얻어 조교 친구랑 둘이 자취를 했다. 학교서 종일 시간을 보내다가 자취방에 와서 잠만 잤다. 제일 재미있었던 것은 호시탐탐 조교들끼리 만나 수다 떠는 일이었다.

쥐꼬리만 한 월급이었지만 돈을 쓸 시간이 없었으므로 저축이 될 수밖에 없었지만 그렇게 지내니까 오히려 경제개념이 생기지 않았다. 그리고 얼마 지나지 않아 정확히 일 년 뒤에 시아버지가 될 분이 내 인생에 등장하였다. 이 분은 내게 분에 넘치는 용돈을 주셨고 그로 인하여 나는 결국 경제에 대해서는 아무것도 깨우치지 못한 상태로 결혼을 하게 되었다.

첫 아르바이트는 베이비시터

경제력도 없이 경제개념도 없이 결혼을 한다는 것은 사실 참으로 무모한 짓이다. 왜냐하면 그 모든 것을 살아가면서 배워야 하니까. 물론 경제개념이랄까 이재 실력도 타고난 사람들이 있다. 그런데 나는 그러지 못했고 친정어머니도 이재에는 무능한 편이어서 뭘 배웠다고 할 수 있는 형편이 아니었다.

결혼할 당시 남편은 유학생이었고 MBA 코스는 그때나 지금이나 장학금이 없었으므로 전부를 시아버님께 의존할 수밖에 없었다. 결혼하고 한 달여를 당시 돈암동에 있던 시댁에서 지냈는데 가장 놀라운 것은 시아버님이 아침마다 필요한 돈을 거실 테이블 위에 두고 나가신다는 사실이었다. 경제적으로 다시 보호자가 생긴 셈이었지만 시아버지께 얼마가 필요하다는 말씀을 드린다는 것은 우선 입이 떨어지지 않아서 해보지 못했다.

남편이 MBA를 마칠 때까지 시아버님은 충분한 돈을 보내주셨다. 사실 그때 남편에게 영주권이 있었으면 취직을 했으리라는 생각이 든다. 지금은 지난 일이라고 돌이켜보지도 않지만 취직이 불가능했기 때문에 오히려 박사과정이 유일한 돌파구였다.

박사과정에 들어가면 장학금을 받는다는 사실을 말씀드리지도 않은 것 같은데 시아버님은 어떻게 아셨는지 이제부터는 너희들이 알아서 꾸려나가라고 선언을 하셨다. 아기는 태어날 예정인데 더 이상 '돈은 없다'는 선언은 이루 말할 수 없는 배신감을 안겨주었다. 더구나 임신할 당시 출산보험에 가입하지 않았기 때문에 막대한 병원비까지 준비해야 할 상황이었다. 결혼하기 전부터 늘 용돈을 과하게 주셨기 때문에 그리고 너희들 학업뒷바라지는 어디까지든 할 수 있다고 장담하셨기 때문에 은연중에 이런 고난이 닥치리라고는 예상치 못했던 일이었다.

그때 시댁에는 군복무로 휴학 중인 시동생을 포함해서 대학생이 셋, 막내 시누가 고등학생이었으므로 살아보니까 백분 이해가 되는 일이었지만 당시로서는 그걸 몰랐다. 지금도 물론 그렇겠지만 미국 대학에서 박사과정 학생들에게 주는 장학금은 무상이 아니다. 연구조교research assistant나 강의조교teaching assistant가 되어 일주일에 20시간을 일하는 대가로 주는 돈인데 그 금액은 한 사람이 최저로 생활할 수 있는 수준으로 책정된다고 한다. 그러니까 남편 한 사람이 먹고 살 수 있는 돈인데 나랑 아기가 따라 붙었으므로 생활비가 모자랐다. 장학금은 월 415달러가 나오는데 생활비는 아무리 줄여도 600달러는 필요하다는 계산이 나왔다. 이것이 나를 아주 비참하게 만들었다.

더구나 주변을 둘러보면 간호사여서 아예 영주권을 받고 유학 온 집은 아주 당당했다. 남편의 친한 친구 부인은 약사였다. 그들 부부는 더 당당했다. 일리노이 대학은 남편이 학생이면 부인은 학비 면제를 받을 수 있는 여건이었는데도 아기를 맡겨야 공부할 수 있는데 그 돈이 없었다.

오히려 내가 부인이 일을 하는 집 아기를 돌봐주는 일을 할 수밖에 없었다. 하루는 슈퍼마켓으로 장을 보러갔는데 벽보에 베이비시터를 구한다는 광고가 붙어 있었다. 부부가 일하는 인도 사람 집이었다. 미국 집들이 우리나라에 비해서 대부분 크다는 사실을 알고는 있었지만 놀랄 만큼 큰 집에 사는, 두 살짜리 무디를 포함한 세 식구가 너무 작은 사람들로 보였다.

나는 6남매의 장녀로 태어나서 집에는 노상 어린 동생들이 있었다. 막내동생은 내가 고등학교 2학년 때 태어났다. 아기를 돌보는 것은 일도 아니었다. 기본 실력이 있었다고나 할까? 인도 아기가 아침마다 우리 집으로 오는 것을 본 앞집 백인 엄마가 어느 날 오더니 자기 집 애들을 봐줄 수 있겠냐고 했다. 물론 그러마고 했다.

복도를 사이에 두고 자주 봤으니까 친한 이웃이었지만 남편이

회계학과에 다니는 대학생이라는 사실을 처음 알았다. 나이를 물어보지는 않았지만 둘은 고등학교를 졸업하면서 결혼했을 거라는 생각이 들었다. 부인은 대학 사무실에서 비서 일을 하고 있었다. 피터는 유치원생이었고 동생 알렉스는 우리 아기와 비슷한 두 살짜리였다.

앞집은 나한테 주급을 주었는데 금요일 저녁에 두고 간 수표를 보고 깜짝 놀랐다. 시간당 1달러씩 계산해주었다. 대학에 비서가 얼마를 받는지 모르지만 그리고 물어볼 수도 없는 일이었지만 당시 최저 임금이 2달러 50센트였는데 너무 많이 준다는 생각이 들었다.

거기에 비하면 한 달에 50달러를 주는 인도인은 너무 너무 인색했다. 그래도 무디랑 정이 들었는지 헤어지고 싶은 생각은 없었지만 기저귀를 세 개만 갖다주는 것이 나로서는 엄청 불편했다. 우리 개념은 기저귀란 젖으면 갈아주는 것이 정상인데 더 가져오라고 했더니 인도인 아버지는 하루에 세 개면 충분하다는 식이었다. 그래서 나는 더 이상 무디를 보지 않겠다고 선언했다. 그 일이 나로 하여금 인도 사람에 대한 편견을 심어줬을 거라는 생각을 한다.

옆집에는 일본인 2세 부부가 살고 있었다. 남편 존은 공대 대학원생이었는데 직장에 다니다 들어왔기 때문에 나이가 우리 정도였다. 어느 날 그 집 부인이 앞집 엄마한테 비서 모집 광고가 붙었는데 어떻게 인터뷰에 응해야 되느냐고 물었다. 그러더니 며칠 뒤에 직장을 얻었다고 하면서 2학년 톰과 1학년 제니를 방과 후에 서너 시간씩 봐줄 수 있겠느냐고 했다.

더구나 자기 아이들은 그냥 자기 집에서 놀게 하겠다는 조건이었다. 미국에서는 대부분의 주에서 14세 이하인 어린이를 베이비시터 없이 집에 두면 경찰이 온다. 졸지에 나는 네 아이를 돌보게 되었다.

그러더니 어느 날 다른 빌딩에 사는 백인 여자가 찾아왔다. 자기는 싱글맘이고 대학원생인데 저녁에 학교에 가야 할 일이 생긴다면서 자기 애들을 봐달라고 했다. 내가 우리 아기 때문에 곤란하다고 했더니 자기 애들은 다 컸으니 데리고 와도 된다는 것이다.

저녁에 그 아파트에 가서 너무 놀랐다. 아이들이 무려 여섯이었다. 더구나 그 중 하나는 흑인 아이였다. 아이들은 저희들끼리 노느라 나한테는 관심조차 보이지 않았다. 엄청 시끄럽게 놀았는데 옆집이 불평하지 않은 것만도 다행이었다. 나는 거실에서 텔레비전을 보며 앉아 있었던 것이 전부다.

두어 번이나 갔을까? 옆집 타니다가 다른 빌딩에 가서도 베이비시터를 하느냐고 물었다. 그렇다고 하니까 그 여자는 아이를 많이 낳아서 세금으로 생활한다며 사람들이 좋아하지 않는다고 했다. 더구나 아버지가 다른 아이들이라고 했다. 그 얘기가 나한테는 그 집에 베이비시터를 하지 말라는 경고로 들렸다. 그렇게라도 돈을 벌어 생활에 보탬이 된다는 일이 나한테는 신이 났는데….

그런데 그것도 얼마 가지 않았다. 5월 졸업 시즌이 되니 앞집 스캇은 알래스카로 직장을 얻어 떠나고 옆집 존은 시카고의 유명한 회사에 취직이 되어 떠나게 되었다. 너무 좋은 이웃들이었다. 옆집 타니다는 자기 아이들이 쓰던 비싼 장난감들을 모두 우리 아이한테 물려주었다.

앞집 엄마는 나한테 제이드 목걸이를 선물해주었다. 기대하지 않았던 감사 표시는 감동적이기까지 했다. 그렇지만 나는 또다시 실직자가 되었다.

혼자 밥 먹어야 했던 두 번째 아르바이트

고향 제주 같으면 동네 애들을 봐주고 돈을 받는 일은 있을 수도 없지만 기대했던 것보다 더 벌 수 있었다는 것도 신기했다. 그러다가 갑자기 수입이 떨어지니까 사실 더 막막했다. 돈을 아끼느라 신문도 안 보다가 구독 신청을 했다. 그러고는 남편 몰래 구인광고를 샅샅이 뒤지는 것이 내가 주로 하는 일이었다. 베이비시팅하느라고 아이들과 시끄럽게 살다가 두 돌 가까이 된 아들과 종일 지내는 것이 너무 조용하고 심심했다.

무슨 일이라도 좋으니 밖으로 나가고 싶고 돌아다니고 싶었다. 종일 궁리하다가 저녁 먹으러온 학생 남편에게 잡Job을 신청해보겠다고 하면 "그거 안 돼, 누가 널 뽑겠니?"로 사람 기를 죽인다. 그러니까 일하고 싶은 마음이 더 절실해졌던 것 같다.

하루는 직업소개소를 생각해내고는 남편한테 일단 가보자고 졸랐다. 직업소개소는 그 동네에서는 가장 큰 건물 지하에 있었다. 카펫이 좍 깔려 있고 사무용 가구가 너무 단정한 실내였다. 사십이 채 안 돼 보이는 백인 여성이 과하게 친절한 태도로 이것저것 물어보았다. 전공이 화학이라니까 금방이라도 직장을 잡아줄 것처럼 이야기 했다. 성심여대 출신이라고 하니까 미국에 있는 성심여대인 줄 알았는지 아주 좋아하다가 한국이라고 하니까 "한국 학사학위는 인정해줄 수 없다"고 했다. 다른 데 가보아도 한국의 학위를 인정받기는 어려울 것이라는 말을 덧붙였다. 실망이 너무 컸다.

이제 직업소개소는 접고 내 스스로 발로 뛰어야겠다는 생각이 들었다. 그 다음으로 찾아낸 것은 요양원의 세탁일 자리였다. 한국에서는 요양원이라는 말도 들어본 적이 없는 시절이다. 너싱홈이라고 하니까 어렴풋이 환자들을 돌보는 곳이구나 하는 감은 잡았지만 막상 찾아가니 정원에 엄청 늙은 노인들이 휠체어에 앉아 햇볕을 쬐고 있었다.

호텔 로비 같은 입구에 가서 구인광고를 보고 찾아왔노라고 하니까 세탁소는 저쪽이라고 가르쳐줬다. 학생 아파트 단지에서도 공동 세탁소에서 노상 동전을 넣고 빨래를 하고 있었으므로 보통 사이즈의 세탁기는 알고 있었지만 내 키보다 더 큰 어마어마한 세탁기는 처음 봤다.

매니저로 보이는 남자가 나를 위아래로 훑어보더니 너같이 작은 사람이 어떻게 이런 곳의 이불 빨래를 감당하겠느냐는 식으로 반응했다. 아주 큰 테이블에서 거구의 여자가 침대 시트를 펄럭이면서 접고 있었다. 경험이 있느냐 정도의 기본 사항도 물어보지 않고 단칼에 '노'라는 대답을 들은 셈이었다. 그래도 기분이 나쁘지는 않았다. 워낙 친절한 매너 덕분이기도 하고 모든 시설이 너무 좋아서 이런 행복한 곳을 구경한 것만으로도 충분히 좋았다.

그 다음으로 찾아간 곳은 식료품 저장소pantry라는 광고를 보고 뭐하는지도 잘 모르고 간 창고 건물이었다. 어마어마하게 큰 창고 안에 지금 같으면 창고형 매장에서나 볼 수 있는 선반 가득 형형색색의 저장 가능한 식료품들이 쌓여 있는 곳이었다. 규모만 봐도 그 종류의 다양함만 봐도 현기증이 날 정도였다. "너희들 여기 사람 뽑니?" 하고 물으니까 "우리는 여자girl 안 뽑아" 하는데 내가 무슨 소녀야? 싶었다. 그때만 해도 여성을 걸로도 부른다는 걸 몰랐던 때였다.

세 번째 딱지를 맞으니까 이판사판 죽기 아니면 까무러치기로 더 덤벼들게 되는 것이 사람의 마음 아닐까 싶다.

이번에는 신문에서 식당 종업원을 구하는 광고를 보았다. 고향이나 한국 같았으면 절대로 그런 일을 하지는 못했을 것이다. 하지 못했다기보다 할 필요가 없었을 것이다. 대학 졸업자였기도 했고 자격증을 가진 교직 경험과 조교 경험까지 있었으니까.

우선 어머니가 아시면 찬성했을까 생각하니 답이 나오지 않았다. 평생을 양반 자손이라는 자부심으로 살아온 분인데 식당에서 웨이트리스를 하겠다면 '우리 딸 부잣집으로 시집보낸 줄 알았는데 뭔 짓하는 거야?'라는 소리가 들리는 듯했다. 아버지께도 말씀드리지 못했던 것은 마찬가지였다. 동생들 공부시켜야 한다고 유학가지 말라고 하셨던 목소리가 들리는 듯했다. 돈을 보내 주신다고 해도 받고 싶지 않은 마음이 되었다. 내가 스스로 돈을 벌어야겠다고 하는 생각은 이미 벌어봤기 때문에 할 수 있었던 것이었는지도 모르겠다.

럼스Lum's라는 식당은 그 동네에 두 군데나 있었다. 집에서 가까운 유니버시티 에비뉴에도 있었는데 구인광고를 낸 곳은 멀리 있는 곳이어서 차로 15분 이상을 가야 했다. 거의 고속도로로 나가기 직전 외진 곳에 있었다. 아주 까다롭게 보이는 키가 큰 여성이 매니저였다.

식당에서 일해본 경험이 전혀 없고 대졸이지만 미국 학위가 아니고 결혼했다는 사실도 별 문제가 되는 것 같지 않았다. 언제부터 일할 수 있느냐고 묻고 일주일에 몇 시간 일하고 싶으냐고 물었다. 사실 손님에게 무엇을 드실 것인지 묻고 종이에 적어다가 요리사 앞에 제출하고 음식이 나오면 날라다주면 끝이니까 어려울 것이 하나도 없는 일이었지만 영어가 문제였다.

영어에 자신이 없어서 파트타임으로 일하겠다고 대답했다. 사실 그때까지 텔레비전을 보면서 영어를 많이 듣긴 했지만 말을 해 볼 기회는 별로 많지 않았다. 나는 묻지도 않았는데 월급에 대해서 얘기했다. 최저임금이 2달러 50센트이지만 자기들은 시간당 1달러 30센트만 지불한다고 했다. 이유는 팁을 받기 때문에 나머지는 그렇게 받는 것으로 계산한다는 것이다.

새벽 6시부터 밤 11시까지 여는 식당이었으므로 일하는 사람들이 많이 필요해서 나를 뽑아줬을 것이라는 생각이 들었다. 다음날 오라고 하는 시간에 맞춰서 갔더니 맘씨 좋게 생긴 남자 매니저한테 소개하고 인사시켰다. 남자 매니저는 나를 위아래로 훑어보더니 트레이니Trainee라고 새겨진 이름표를 주면서 유니폼으로 갈아입으라고 했다. 경험이 없기 때문에 이틀 동안은 다른 웨이트리스를 따라다니라고 했다. 일을 배우라는 명령이었다.

다른 능숙한 종업원을 부르더니 "잘 돌봐주라"고 당부하는 것이 눈물겨웠다. 남자 매니저는 내가 영어를 잘못한다는 것까지 알고 있지 않았나 싶다. 지금도 그때 일을 생각하면 미국사람들이 얼마나 합리적인가 감탄스럽다. 그때는 몰랐지만 지금 돌이켜보면 참으로 감사한 일이다. 말도 제대로 하지 못하는 나를 이틀 동안이나 그림자처럼 말없이 따라다니게 했던 종업원이 그 뒤로 사라져버렸다. 후임인 나를 훈련시켜 놓고 나간 것이었다.

이제 홀로서기를 해야 하는 세 번째 날이다. 손님이 많지 않은 식당이었으므로 별 일도 하지 않은 것 같은데 점심시간이 되었다.

30분 동안 점심시간인데 제일 비싼 스테이크를 빼고는 무엇이든지 공짜로 먹을 수 있다고 했다. 제일 많이 팔리는 햄버거를 시켜서 구석자리에 앉아 먹는데 갑자기 눈물이 쏟아졌다. 그때까지 나는 식당에서 혼자 밥을 먹어본 일이 한번도 없었다. 웨이트리스 일이 서러운 것이 아니라 혼자 밥을 먹는 일이 너무 서러웠다.

실수투성이 아르바이트

세상에 쉬운 일이 어디 있겠어?

그 다음 일하러 간 날에는 아주 큰일을 저질렀다. 사실 음식 접시들이 담긴 쟁반을 테이블 위에 올려놓는 것도 금기였는데 나는 그것도 모르고 쟁반을 테이블 위에 올려놓았을 뿐만 아니라 안쪽 접시부터 옮기는 바람에 쟁반이 균형을 잃고 벌러덩 넘어져 음식이 카펫 바닥에 전부 쏟아지는 실수를 했던 것이다.

당황해서 쩔쩔 매는 나를 위해 호스티스 애슐리가 나섰다, 미국서 호스티스는 손님들을 자리에 앉혀주고 메뉴를 갖다주고 나갈 때 돈 계산하는 일을 한다.

손님들에게 자기가 나서서 사과했던 것은 물론이고 부엌에 가서 똑같은 음식을 만들라고 주문하더니 쏟아진 음식들을 다 치워

주었다. 너무 고마웠다.

그런데 더 놀라운 것은 그런 처참한 실수를 했는데도 팁을 누고 간 손님들이다.

머리를 길러서 댕기머리를 한 요리사 밥한테 가서 내가 실수했으니 배상을 하겠다고 했더니 고개를 가로젓는다. 괜찮다고 하는 대답을 그렇게 간단한 신호로 하는 사람도 처음 본다. 참 마음에 드는 사람이다.

점심시간이 되어 겨우 쉬려고 앉았는데 건너편 테이블에 혼자 식사를 하러온 경찰관이 말을 건다. 배우보다 더 잘 생긴 미국사람이다. 베이지 색 경찰복이 너무 잘 어울린다. 내가 아직도 외국사람 냄새를 풍기는지 어디서 왔느냐고 묻고 언제 왔느냐고 물었다. 학생이냐고 물어서 남편이 학생이라고 했더니 다 알고 있다는 표정이다.

애슐리가 설명해줬다. 우리 식당은 외진 곳에 있어서 더구나 고속도로 진입로에 있기 때문에 안보를 위해서 경찰들이 들락거리는 것이 필요하다고…. 그래서 경찰관들에게는 모든 메뉴가 반액이라고 한다. 그러니까 전표를 발행할 때 금액란에 반액을 적으라는 설명이다.

얼마 안 가서 나는 또 일을 저질렀다. 어떤 남자가 혼자 와서 주문했다. 투나 피시tuna fish, 참치 샌드위치를 주문했는데 나는 당연히 투two 피시 샌드위치로 알아들었다. 혼자니까 왜 샌드위치를 두 개 시켰나를 생각했을 법도 한데 정신이 나갔는지 아니면 미국사람들은 덩치가 크니까 두 개도 먹는가보다 생각했는지? 두 접시를 갖다주니까 놀라는 손님의 얼굴을 보고야 깨달았다. 주문을 잘못 받았던 것이다.

이번에는 침착하게 샌드위치 둘을 요리사 밥에게 들고 가서 투나 피시인데 잘못 알아들었다고 설명했다. 밥은 어깨를 으쓱하더니 음식 두 접시를 다 쓰레기통에 넣고는 내가 기다리는 동안 새 빵을 구워 투나 피시 샌드위치를 만들어주었다.

내가 메뉴도 자세히 모른다는 것을 깨달았다. 그 다음부터는 쉬는 시간에 메뉴판 넉 장 양면에 음식 설명이 다 적혀 있으니 표지만 빼고 일곱 페이지에 달하는 내용을 가격까지 다 외워버렸다.

그러고 나니 쉬는 시간에 할 일이 없었다. 웨이트리스는 주문을 받아서 음식을 갖다주고 중간에 모든 것이 오케이인지 체크하면 된다. 커피를 리필해줄 때도 있긴 하지만 치우는 일은 버스보이가 하고 설거지는 디시워셔dishwasher가 한다. 그런데 이 식당은 손님이 없어서 그런지 고등학생처럼 보이는 디시워셔가 치우고 설거지를 하는데 곧잘 결근을 했다.

나는 그때까지 식기세척기로 설거지를 해본 적이 없었다. 그것이 신기해서 쉬는 시간에 부엌으로 가서 접시들을 일단 물에 헹구고 트레이에 차례차례 세운 다음 통 안에 밀어넣고 문을 닫아 스위치를 누르면 돌아가는 물이 쏴하고 올라오면서 씻기는 것이 너무 재미있었다.

시간만 나면 걸레를 들고 다니며 벽과 테이블 다리 등 보통 때 사람들이 잘 안 닦는 부분을 광내는 일을 하던 여자 매니저가 지나가다 내가 설거지하는 것을 보더니 놀라는 눈치였다. 다음 날 나를 부르더니 월급을 올려주겠다고 했다. 시간당 1달러 30센트인데 시간당 10센트를 올려준다는 것이다. 나는 속으로 안 올려줘도 되는데…. 설거지는 식기세척기가 신기해서 하는 것이었는데 싫었지만 제대로 설명할 재간이 없었다. 그냥 '오케 오케이' 하고 '땡큐' 했던 것이 전부였다. 취직한 지 한 달도 안 되어 봉급을 올려받았다는 것은 아무리 적은 금액이라 할지라도 기분 좋은 일이었다.

미국 사람들은 신기하게도 대부분 식당에 들어가면 좋은 자리를 찾기보다는 호스티스가 권하는 자리에 앉는다. 규모가 큰 식당에서 웨이트리스들이 여러 명이 일할 경우 각자에게 구역을 정해준다. 어느 어느 테이블은 누가 맡는다는 식의 배정이다. 그렇게 하지 않으면 똑같은 시간을 일해도 어떤 사람은 많이 벌고 어떤 사람은 적게 벌게 되기 때문이다. 호스티스가 손님을 골고루 앉혀주지 않고 한 쪽으로만 치우치게 앉혀주면 난리가 난다. 서로가 더 많은 돈을 벌기 위해 암투가 벌어지기 때문이다.

처음에는 치사하게 돈 더 많이 벌려고 난리들이구나 하는 생각을 했었는데 나중에 보니까 그것은 뭐랄까 공평하게 해야 한다는 원칙을 준수하는 윤리랄까 자세였다. 사실 돈을 더 많이 버는 것은 어느 구역을 차지하느냐보다 손님들에게 잘해서 팁을 얼마나 더 받느냐에 달려 있다.

나는 한국에서 식당 종업원으로 일해본 적이 없다. 그래도 식당에서 손님들이 일하는 사람을 어떻게 대하는지 종업원들이 어떻게 행동하는지는 대충 알고 있었다.

식당 종업원으로 일하겠다고 했을 때 이미 그런 각오, 서울에서 같은 대우를 받더라도 감수하겠다는 각오가 되어 있었다. 그런데 막상 일을 해보니 미국 사람들이 종업원들에게 얼마나 점잖게 사람대우를 해주는지 손님이 기분 좋게 식사할 수 있도록 배려해야겠다는 마음이 절로 우러났다. 그래서 일이 별로 어렵지 않았다. 더구나 팁을 많이 두느냐 적게 두고 가느냐의 차이는 있지만 한 푼도 안 놓고 가는 사람은 거의 없었다.

종업원 중에 나처럼 파트타임으로 나오는 대학생이 있었다. 키도 작고 날씬해서 나이보다 어려보이고 프리메드pre-med라고 하는데 프라이드가 대단했다. 우리 기준으로 보면 프라이드가 있는 정도를 넘어서 건방지다고 해야 할 정도였다. 프리메드가 뭐냐고 물었더니 의과대학원에 가기 위해 학부 과정을 다니는 학생들로 대부분 생물이나 화학 전공자들이라고 했다. 속으로 진짜 의대에 가면 대단하겠네. 나도 화학을 전공하긴 했다만… 하는 생각을 했었던 것 같다.

일터에서 충분히 바쁘지 않은 것도 알고 보면 상당히 지루한 일이다. 식당에 손님이 적으니 돈을 많이 버느냐 적게 버느냐를 떠나서 지루한 게 문제였다. 같이 일하던 동료에게 내가 운전을 못해서 남편이 매번 실어다주고 데리러온다고 했더니 그러면 집에서 가까운 식당에 가서 매니저를 만나보는 것이 어떻겠냐고 했다. 여기 취직한 지 두 달밖에 안 됐는데 그래도 되느냐니까 그쪽에서 너를 쓰겠다면 여길 떠나는 것은 별 문제가 되지 않는다고 했다.

유니버시티 에베뉴에 있는 다시 말하면 캠퍼스 내에 있는 식당에 가서 매니저를 만났다. 싹싹하고 시원시원했지만 첫 인상부터 독하게 생긴 여자 매니저는 나중에 보니 별명이 '재수 없는 여자 bitch'였다. 별반 반기지도 않는 태도로 당장 일할 수 있느냐고 했다.

예상 외로 쉽게 집에서 가까운 일터로 자리를 옮길 수 있었다.

아르바이트생도 시험 봐야

옮겨온 식당은 규모가 먼저 일하던 곳보다 더 크지도 않았지만 일하는 사람들은 두 배로 많았다. 부엌에 요리사도 노상 두 명이었고 디시워셔도 결근하는 법이 없었다. 그 만큼 손님이 많다는 뜻이기도 했다.

이젠 내가 하는 일에 웬만큼 익숙해져서 실수도 하지 않게 되었고 나더러 쿡 대신 요리하라고 하면 언제든 할 수 있다는 근거 없는 자신감이 생겼던 때이기도 했다. 일하러 가는 것은 사람 구경하러 가는 일이 되어 갔다. 같이 일하는 동료들도 대부분 학생이었지만 천태만상이었다.

저녁에만 일하는 리사는 첫 인상부터 마음에 들었다. 얼굴이 예쁜 사람은 아니었지만 멋도 안 내고 목소리까지 차분하고 겸손

했다. 학생이 아니고 낮에 다니는 직장이 있는 것 같았지만 물어보지는 못했다.

손님이 없어서 한가했던 어느 날 자기는 조만간 가출할 것이라고 했다. 남자 친구가 다른 주에 직장이 되어 같이 떠나기로 했다는 것이다. 부모님이 남자 친구가 이혼한 사람이라고 결혼을 무작정 반대한다는 것이다. 무슨 조언이라도 해주고 싶었지만 그때까지 나는 이혼한 사람은 신문에서나 봤지 주변에서는 듣도 보도 못했던 시절이라 할 말이 없었다. 그냥 고개만 끄덕끄덕 하고 싶은 대로 하라는 수밖에 없었다. 며칠 뒤 떠난다는 말도 없이 사라졌지만 나는 진정한 친구를 잃은 것 같아서 정말 섭섭했다.

수전도 저녁에만 일을 했다. 치과기공사였는데 남자 친구인 것 같지는 않지만 자기가 아는 한국 유학생을 나도 알고 있다는 사실을 아주 좋아했다. 부모님이 이 동네에 사는데도 독립해서 아파트에 살고 있다고 하면서 저녁에 일하는 이유를 저녁하기 싫어서라고 했다. 식당에 와서 일도 하고 공짜 저녁도 먹으니 좋다는 것이다. 일이 끝날 때 남편이 데리러 온다고 하니까 자기가 집에 가는 길에 데려다주겠다고 해서 여러 번 차를 얻어 타기도 했다.

수잔한테 나는 미국 사람들 살아가는 방식에 대해 참 많이 배웠다. 집에서 무슨 메뉴를 가장 많이 먹느냐고 물어봤다. 한참을 생각하더니 '햄버거'라고 했다. 뭘 가장 많이 마시느냐고 했더니 우유라고 했다. 이런 식으로 사소하지만 모르는 것에 대해 물어보면 모르는 것이 없는 박식한 여성이었다.

여자 매니저 루이스는 표독스럽다고 악명이 높았다. 물론 일도 잘한다. 사람들은 참으로 별 걸 다 안다. 언니도 식당 매니저를 하는데 동생 루이스처럼 '비치'가 아니고 사람이 좋다는 소문까지 있었다.

하루는 출근해서 유니폼을 갈아입고 나왔는데 "금희!" 아주 엄한 표정으로 나를 부르더니 "찬장에 치즈케이크 갖다놓은 게 없어!" 하는 것이었다. 나는 그 놀라운 지적, 평생 잊을 수 없는 기분 나쁜 지적에 "그게 왜 내 일이냐?!" 하고 쏘아붙였다. 보통은 순발력이 떨어지는 나인데 오죽이나 기세 높은 공격을 받았으면 그랬을까? 말대답까지 했던 내가 스스로 놀라웠다. 그러고는 부엌 뒤 냉동고에 가서 치즈케이크를 갖다놓았다. 그런데 놀라운 일이 벌어졌다. 그 뒤로 루이스는 나한테 전에 없이 친절한 보스가 되었다.

식당에서 제일 위인 존은 세 개의 식당을 운영하는 매니저라는데 꼭 한국 사람 같은 스타일이다. 뿔테안경을 쓰고 웃는 법도 없지만 식당에 들어오면 계산대에 있는 서랍을 빼내서 부엌으로 직행한다. 20달러짜리 이상의 돈을 다 꺼내서 부엌 바닥 아래 뚜껑을 열고 그게 바로 금고라는 것을 차츰 알게 되었지만 우리 시어머니가 은수저 싸놓으실 때 쓰셨던 무명 보자기와 똑같은 돈 주머니를 꺼내어 돈을 꺼내가거나 숨겨놓거나 하는 일을 하고는 커피

한 잔 마실 여유도 없이 사라진다.

루이스가 난데없이 종업원들한테 별반 관심이 없어 보이는 존한테 나를 지적하면서 "일을 잘한다"는 코멘트까지 해주는 것이었다. 미국 사람한테는 덤빌 때 덤벼야 제대로 대접받는 건가 하는 생각을 하지 않을 수 없었다.

그리고 곧 식당 종업원들 전부를 매주 두 번씩 저녁에 연수시킨다는 공고가 붙었다. 그 무렵 남편은 박사 과정 종합시험 준비를 하고 있었으므로 저녁에 아이를 봐줄 수 없다고 했다. 별 생각 없이 못 간다고 하고 여러 번 빠졌는데 하루는 존이 집으로 전화를 했다. 밑도 끝도 없이 대뜸 "오늘 저녁이 시험 전 마지막 세미나야. 너 안 나오면 당장 해고다" 하고는 내 대답도 듣지 않고 전화를 끊어버리는 것이었다. 기가 찼다. 어떻게 해고 소리를 저렇게 쉽게 하나?

집에 저녁 먹으러온 남편이 그 얘기를 듣고는 미국 사람들 그러는 거 농담 아니라고 하면서 세 살짜리 아기를 데리고서라도 세미나에 가야 한다고 했다.

그날 저녁은 세미나 강사가 존이었다. 세 살짜리 동양 아이는 처음 보는지 동료들이 우리 아이한테 모두 집중하는 바람에 세미나에 방해가 되었음에도 불구하고 존은 내가 자기가 한 말을 무시하지 않고 참가했다는 데에 기분이 좋은 것 같았다.

얼마 안 가서 우리는 회사 방침대로 전원 출석하여 시험을 봤다. 식당에서 종업원들이 시험 친다는 건 한국에서는 듣지도 보지도 못했던 일이지만 한 시간짜리 시험이었다. 더 웃긴다고 생각한 것은 시험 결과를 그것도 성적순으로 이름을 다 밝히고 벽보에 대문짝만하게 붙였다는 사실이다. 세미나에 별로 참가하지도 않았으면서도 좋은 성적을 낸 나를 '쟤는 겉보기보다 실력 있는 애야…'라고 하는 소리가 들리는 듯했다.

존이 식당에 붙어 있는 법은 별로 없었지만 나름대로 권력을 구사하는 방법이 있었다. 어느 날 저녁 예고도 없이 나타나더니 웨이트리스들이 발행한 계산서들이 부엌에 들어간 주문과 맞게 적혀 있는지 가격을 맞게 쓰고 계산했는지를 전부 검토하는 것이었다. 한 사람씩 불러서 어디 어떻게 틀렸는지 목청을 높여가며 일일이 지적했고 지적당한 종업원들은 엄청 기분 나빠했다. 나는 운이 좋았는지 호출 당하지 않았다.

산 너머 산이라고 어느 날 존이 일하고 있는 나를 불렀다. 도무지 그때 법이 바뀐 것인지 아니면 회사 방침이 바뀐 것인지 모르겠지만 시민권이나 영주권이 아닌 F2(학생 동반) 비자를 가진 사람들은 일을 할 수 없다는 것이다. 그러면서 회사가 공식적으로 주는 시간당 1달러 50센트를 받지 않고 그냥 팁만 받고도 일을 하겠다면 일을 할 수 있게 해주겠다는 것이다.

졸지에 월급의 일부를 삭감 당하게 된 처지에서도 나는 잔머리를 굴렸다. 아무래도 식당은 주말이 붐비니까 주말에만 일해도 되겠느냐고 물었다. 그랬더니 존은 주말에만 일하는 애들이 여럿 있다고 하면서 아침 메뉴는 다른데… 아침에도 일할 수 있겠냐고 했다. 찬밥 더운 밥 가릴 게 있겠느냐 싶어서 좋다고 했다. 그러면 상황에 따라서 아침이나 저녁에 스케줄 해주겠다고 했다. 이제는 주말에만 일하는 알바가 되었다.

아르바이트 하며 만난 사람들

주말에만 일하는 메리는 덩치가 커서 살찐 것도 아닌데 날씬해 보이지는 않았다. 물어보지도 않았는데 자기 얘기를 늘어놓는다. 자기 아버지는 부자라고 한다. 차에 브레이크도 액셀도 없이 운전대만 있는 특수 주문 제작한 차를 몰고 다닌다고 했다. 그런 차는 듣기도 처음이어서 믿기 어려웠지만 메리는 성실근면한 아이여서 뻥이라는 생각은 들지 않았다.

아버지가 용돈을 받으려면 매주 집에 오라고 하는데 안 가고 대신 일을 한다고 했다. 아버지가 자기를 베이비 취급하고 자기 맘대로 하려고 하는 것이 너무 싫다고 했다. 지금 같으면 박수라도 쳐줄 일이지만 그때는 아버지 말씀을 안 듣는 것은 불효 아니야? 하는 생각을 했던 것 같다.

주말에만 일하는 친구들은 예외 없이 이 학교 학생들이었다. 수많은 여자 종업원들 중에 유일한 웨이터였던 차드는 공대생이었다. 결혼도 했고 와이프도 학생이며 더구나 아버지가 이 대학 생물학과 교수라는데 일하는 것이 그때는 이해가 되지 않았다.

어느 날 한산한 시간에 무심코 계산서 뒷면에다 겨자 병에 쓰여 있는 'pourable'이라는 단어를 두어 번 쓰고 있는 걸 보더니 "와아, 너희가 그렇게 영어를 익히는구나!" 다들 알아듣게 큰소리로 떠들어서 모두에게 내가 하는 짓을 공개해버린 작자다. 그래도 밉상이 아니었다.

하루는 세 시쯤 손님도 별로 없는 시간이긴 했지만 식당에 들어오자마자 유니폼을 갈아입으려고 윗도리를 훌러덩 벗는데 오히려 내가 민망해서 딴 데 쳐다보니까 "금희! 너 남자 웃통 벗은 거 처음 보냐? 적어도 네 남편 벗은 것은 봤을 거 아냐?!" 내가 딴 데 쳐다봤다고 호통을 치는데 대꾸할 말이 없었다. 미국 애들은 이럴 때 딴 데 쳐다보지 않는 게 매너라는 것을 알게 되었다.

어느 주말 아침 당번이 되어 일찍 나간 날이었다. 미국 노인들은 나이를 짐작하기가 어렵지만 환갑도 훨씬 넘은 것 같은 노부부가 초등학교 1학년 손자와 유치원생 손녀를 데리고 아침 식사하러 왔다. 키도 보통 미국 사람보다 작고 얌전하게 생긴 할아버지가 내 이름표를 보더니 한국인이냐고 물었다. 그렇다고 하니까 자기는 6·25 참전용사라고 하면서 그래서 보자마자 내가 한국 사람인 것을 알아봤다고 하신다. 이것저것 물어보더니 나를 친척이라도 되는 것처럼 가깝게 대해 주었다. 그 다음부터는 주말에 올 때마다 친척처럼 반가워하고 안부를 물어주셨다.

하루는 일라이나이Illini 운동장에 미식축구 경기가 있는 날이었다. 미식축구가 있는 날은 축제나 다름없어서 온 동네가 주민보다 더 많은 손님들로 붐빈다. 평소에는 막힘이 없던 길도 막히고 우리 식당 주차장은 워낙 넓어서 주차 공간이 모자라는 법이 없는데 이 날은 모자라서 난리가 난다. 종업원들 차는 옆길에 세우라고 하고 길 건너에도 차를 세워야 하는 사태가 벌어진다. 식당은 빈자리가 하나도 없고 줄을 서서 이삼십 분 이상 기다려야 테이블을 배정받을 수 있는 그런 날이었다.

원래 내가 일하는 시간이 아닌데도 일을 더 할 수 있겠냐고 해서 붙들려 있었던 때다. 6·25 참전용사 할아버지가 어떤 30대 후반으로 보이는 짐작컨대 단연 38세로 보이는 별로 예쁘지도 않고 똑똑해 보이지도 않았지만 키가 큰 여성이랑 등장하셨다. 나는 무심코 친척 아줌마랑 식사하러 오셨나 싶어서 그냥 목례를 하고 일하느라 정신이 없었다.

다행인지 불행인지 내 담당 구역도 아니었으니 단골손님이긴 하지만 달려가서 반가움을 표시할 수 있는 그런 한가로운 날도 아니었다. 할아버지는 멀리 있는 테이블에 배정받았는데도 나한테 부리나케 오시더니 자기 여자 친구라고 하면서 할머니한테는 절대 비밀이라고 했다. 나는 정말 그때까지는 미국 사람들은 다를 줄 알았다. 그런 일을 아무렇지도 않게 할 수 있다는 것이 충격이었다. 이 일은 할머니한테 뿐만이 아니라 우리 남편한테까지도 비밀이었다.

미국 사람들은 팁을 주는데 테이블에 놓고 나가는 것이 상례다. 요즘은 카드로 지불하니까 팁을 주문서bill에 따로 적거나 식당 자체에서 몇 퍼센트라고 정해서 찍혀 나오기도 한다. 단 한번도 돈을 직접 손에 쥐어주는 사람은 없었다.

그 다음 주말에도 여전히 할아버지는 할머니와 손자손녀를 데리고 아침 식사를 하러 오셨다. 나를 보더니 할머니 몰래 꼬깃꼬깃 접은 1달러짜리를 내 손에 쥐어주는 것이었다. 내가 그런 비밀을 고자질할 만큼 할머니와 친한 사이도 아닌데 말이다. 할아버지는 겁이 나셨던 것 같다. 나는 웃음이 났고 돈을 받아서 그런지 할아버지의 그런 행동이 오히려 귀여워 보이기까지 했다. 나와 친한 사람이 나쁜 짓 하는 것에 대한 너그러움이 돈 때문에 우러났던 것 같지는 않고 미국사람들도 '우리와 똑 같네…' 하면서 오히려 안심이 되었던 것 같다. 나는 식당 일을 그만둘 때까지 매주 일도 하지 않은 팁을 받았다.

하루는 저녁 시간대에 일을 하고 있었는데 젊은 백인 남성이 동양 여자 부인과 세 살짜리 아들을 데리고 들어왔다. 군복을 입고 있지는 않았지만 근무지를 옮기고 있는 군인이라는 느낌을 받았다. 나더러 어디서 왔느냐고 물어서 한국이라고 했더니 자기도 거기 근무할 때 와이프를 만났다고 설명했다. 장거리 여행으로 피곤한지 짜증나는 얼굴의 부인 앞에서 꼼짝 못하는 착한 미국 사람이 이때처럼 측은하게 여겨지기는 처음이었다. 한국 사람이었다고 해도 이렇게 가엽게 느껴지지는 않았을 것이다. 남편만 제대로 식사를 하고 부인도 아들도 뭘 잘 먹는 것 같지 않아서 내 권한으로 무료로 제공해줄 수 있는 아이스크림을 권했더니 부인이 쌀쌀맞게 거절했다. 그래, 계속 짜증이나 내면서 동생 같은 착한 미국 남편이나 괴롭히라고 한마디해주고 싶었지만 예의를 지켰다.

언젠가는 주중 점심때 근무 중이었다. 근사한 백인 중년 신사가 혼자 식사하러 오셨다. 메뉴를 갖다주고 주문을 받는데 "너 영어하네!" 하셨다. 무슨 말씀이신지 깜짝 놀라는 얼굴을 하니까 "나 작년에도 출장 와서 여기서 식사했지. 그때보다 영어가 많이 늘었다는 얘기야" 알바를 시작한 뒤 일 년이 가까워오는데 그런 칭찬은 처음 들어봤다. 정말 신났다. 나는 돈을 벌려고 일을 한 것이 아니라 영어를 잘하려고 아르바이트를 했던 사람이 된 순간이었다.

그리고 얼마 안 가서 남편이 직장을 얻어 그 동네를 떠나야 했으므로 아르바이트를 그만뒀다. 남편이 조교수가 되었는데도 더 좋은 아파트에 살고 더 좋은 차를 몰았으므로 저축은 커녕 경제적으로 여유가 없기는 마찬가지였다. 경험이 있으니까 다시 식당에서 일하겠다는 나를 극구 말린 것은 남편이었다. 한국 학사학위를 인정해주지 않으니까 대학원에 진학해서 더 나은 직장을 구해야 한다는 것이다.

오래 전 일이지만 그때 만일 내가 다시 식당에서 일을 했다면 어떻게 되었을까? 얼마 뒤 식당을 하나 차렸거나 아니면 다른 사람이 하던 식당을 인수했을 것이고 돈을 좀 벌지 않았을까 하는 근거가 희박한 회상을 하며 혼자 웃는다.

나의 애창곡이 된 〈댄서의 순정〉

이름도 몰라요 성도 몰라
처음 본 남자 품에 얼싸 안겨
오색 등불 아래 네온사인 아래
춤추는 댄서의 순정
그대는 몰라 그대는 몰라
불어라 뱃고동아

대학에 처음 부임한 이듬해였나? 아무튼 1980년대 초의 일이다. 겨울방학에 동계 교수 세미나가 있었는데 특별한 사유가 없는 교수들은 당연히 가야 하는 이벤트였다. 뭔가 싶어 기대되기도 했고 결혼 이후 처음으로 식구들과 떨어져 가는 여행이라 흥분이 되었다.

'대학 발전 방향'과 같은 무거운 주제의 토론이 분과별로도 있었고 전체로도 있어 예상했던 것보다 힘든 첫날이었다. 학교 식당보다 훨씬 잘 차린 저녁식사 후 여흥 프로그램이 있었는데 모두들 돌아가면서 마이크를 잡고 유행가를 부르는 것이었다.

드디어 내 차례가 되었다. 나는 기세 좋게 일어나서 당당하게 〈댄서의 순정〉을 불렀는데 듣는 사람들은 기가 막힌 모양이었다. 아니나 다를까, 프로그램이 끝나서 나오는데 심리학과 선배교수가 "한 선생, 걸물이야!" 하는데 앗차 이거 뭔가 잘못되었구나. 아무리 여흥 프로그램이라지만 가톨릭대학에서 32세의 신참 여교수가 부를 노래는 아니었나보다고 깨달았지만 쏟아진 물을 어찌하리.

〈댄서의 순정〉이 나의 애창곡이라 부른 것은 아니고 솔직히 아는 유행가가 별로 없었다. 중고교 시절에는 가톨릭계 학교 분위기가 교과서에 나오는 노래이거나 아니면 명곡, 가곡을 불렀던 문화였다. 1967년 대학에 들어가서는 다방이나 음악감상실을 시도 때도 없이 들락거렸지만 다들 클래식이나 외국 팝송을 들었다. 신청해서 듣는 경우에도 당연히 외국 팝송이나 가곡을 듣긴 했어도 유행가를 들었던 적은 거의 없었다.

결혼하고 미국으로 유학 가 있었던 동안에는 음악과 담을 쌓다시피 하고 살았고 어쩌다 시간적 여유가 생겨도 클래식을 듣거나 아니면 운전할 때 라디오로 미국 팝송을 듣는 게 고작이었다. 그러니 내가 무슨 한국 유행가를 알겠나. 그나마 〈댄서의 순정〉을 아는 것도 초등학교에 들어가기 전 다섯 살 때 아니면 혹시 네 살 때 엄마나 이모들이 축음기를 틀어서 듣는 걸 귀동냥으로 배운 것이다. 그 밖에도 "오동추야 달이 밝아~" 하는 노래나 "나 혼자만의 사랑", "청실홍실", "검은 장갑" 같은 노래도 다 그 무렵 배운 노래들이다. 나보다 13살 연상인 작은이모님은 내가 아주 어렸을 적에도 〈댄서의 순정〉을 기막히게 잘 불러서 친척들이 모일 때마다 그 노래를 부르라고 하셨다고 한다. 그 노래 가사가 무슨 뜻인지 하나도 모르면서도 어쩌면 그렇게 간드러지게 잘 부르는지 감탄하면서 웃었다는 것이다.

다음해 교수 세미나에서는 준비에 준비를 거듭해서 내가 좋아하는, 그리고 우리 국민이 가장 좋아하는 노래 2순위에 오른 〈돌아와요 부산항에〉를 불렀는데 반응이 별로였다. 사람들이 〈댄서의 순정〉은 어떻게 되었냐는 것이다. 이래저래 〈댄서의 순정〉은 나의 애창곡이 되고 말았다.

김수희의 〈애모〉가 한창 유행할 때 중문과 젊은 남자 교수가 어떻게 사람의 머리에서 저런 가사가 나올 수 있느냐는 감격적인 평을 했다. 중국 시나 유행가에도 〈애모〉의 가사만 한 구절은 없나보다 생각되어 나의 애창곡으로 해보려고 꽤나 애를 썼다. 그렇지만 〈애모〉는 나의 능력 밖의 노래였다.

아직도 나는 노래방에 가면 아주 어린 시절 배웠던 우리 엄마와 이모 세대의 노래를 제일 편하게 부른다. 결국 유행가에 관한 한 나는 조기교육의 산증인이라고나 할까?

내 안에 숨은 양반의식

어머니는 양반의식이 대단히 강한 분이었다. 당신 친정이 최만리의 후예라고 하셨다. 그러면서 삼백 년 전 제주에 귀향 와서 자의든 타의든 순수 농군이 되어버린 한 씨네들은 양반이 아닌 것처럼 언급하기 다반사였다.

내가 어머니의 이러한 양반의식에 대해 반감을 갖게 된 것은 한 씨 자손들을 생각으로나마 적절히 대우하지 않고 있다는 생각 때문이었다. 조천의 한 씨 조상들이 양반이라면 훨씬 더 양반이었을 텐데 말이다.

지금이 어느 때인데 양반타령이야? 민주화시대가 아닌가? 사람 위에 사람 없고 사람 아래 사람 없는 인간 평등의 시대가 아닌가? 그게 나의 반발의 핵심이었다. 나는 민주시민이야. 나이 들면서는 더더욱 나는 젊었을 때 미국 생활을 7년 넘게 한 사람이야 하면서 양반의식이 전혀 없는 사람으로 여기고 살아왔다.

3년 전 어느 지인의 결혼식에 갔다. 한국에서는 예식장으로 제일이라는 S호텔이었다. 추운 겨울인데 큰 나무에 분홍 꽃이 활짝 피어 있어서 가까이 가서 보니 난을 나무에 온통 꽂아 장식한 것이었다. 생화였다. 꽃값만 몇 천 또는 억 원대가 들어간다는 장식이었다. 가히 부자들의 과용이구나 싶었다. 심기가 편치 않았다.

그래서 그랬을까? 언론인 출신의 주례가 주례사를 하는 데서 딱 걸려들었다. 중국 고사에서 인용한 얘기인데 첩에게 가려고 하는 남편에게 시를 지어서 보여주고 못 가게 했다는 그런 내용이었다.

나는 하마터면 맨 앞에까지 다 들릴 정도의 큰 소리로 "아니, 이게 어떤 자린데 첩을 입에 올려? 주례사로는 낙제점수네!" 했다. 나 스스로도 놀랄 만큼 크게 소리쳤다. 옆에 앞에는 가까운 사람들이 앉아 있었는데 그리고 곧 죽어도 교수니까 맞는 소리했다고 생각했을 터인데…. 이런 상황이 나를 더 미치게 만들었다. 그 후 며칠 동안 내가 왜 그랬지? 왜 그랬나? 반성이나 성찰이라기보다도 왜 그랬을까를 나도 모르겠는 것이 문제였다.

지난 4월에는 대학 동기들 아홉 명이 제천 리솜포레스트 콘도로 1박 2일 놀러갔다. 저녁으로 치킨과 맥주를 먹는다고 치킨을 주문하고 기다리는 자리였다. 나는 그때까지 '치맥'을 먹어본 일이 없어 더 기대에 부풀어 있었다.

그런데 반포에 사는 친구가 느닷없이 물었다.

"너희 외할머니 세컨드라며?"

이게 무슨 날벼락이야? 어디서 들었느냐고 물어보지도 않았다. 반포에 배다른 이모의 딸이 살았다는 것을 알고 있었기 때문이다. 친구는 그 사촌과 친하게 지내던 이웃이었다고 했다. 그 사촌 내외가 캐나다로 이민 가기 전에 만나서 저녁을 먹었던 기억이 있기 때문에 짐작이 갔다.

"어 맞아. 우리 할아버지가 사모관대하고 결혼한 첫째 부인이 도쿄 유학 시절 결핵으로 돌아가셨어. 물론 자식도 없었어. 우리 외할머니는 그분 제사를 평생 모셨지."

외할아버지가 젊었을 때 겨울에 제자들과 한라산으로 노루 사냥을 가셨다가 눈이 많이 내려서 조난당했다고 한다. 외할머니 남동생이 농업학교 학생이었던 인연으로 당시 함덕에서는 제일 부자였던 외할머니 친정집에 대피하셨다. 그래서 두 분이 만나셨다고 한다.

이 시점에서 왜 그런 변명을 해야 하지? 반포에 사는 친구는 자기 외가가 안동 유 씨 양반이라는 얘기를 귀에 못이 박히도록 했기 때문에 더 그랬는지도 모르겠다. 여의도 친구는 다음날 저 친구 숙제 풀었다고 했다. 그 얘길 십여 년 전부터 해왔다고 한다. 왜 내가 세컨드의 손녀라면 친구 안 하려고? 다행히도 그것은 말이 되어 나오지는 않았다.

얼마 전부터 재벌가의 횡포, 대한항공 스토리가 빠지면 뉴스 꺼리가 없는 것처럼 난리들이다. 땅콩회항 사건부터 시작되어 언니 조 부사장의 무례함이 뒤를 잇더니 이젠 품위를 갖추어야 할 회장 사모님까지 등장했다. 아랫사람들에게 입에 담지 못할 욕을 해대는 장면이 녹음되었다가 공개됐다.

나는 재벌들의 탈세의혹에 대해서는 상당히 관대한 편이다. 내가 보수라서 그런 것은 절대 아니다. 정치인들한테 돈을 준 재벌이 유죄냐 아니면 돈을 받은 정치인이 유죄냐고 할 때 나는 정치인이 유죄라고 생각하기 때문이다. 더구나 많은 경우에 재벌이 돈을 솔선해서 줬다기보다도 달라고 했으니 줬다고 해야 맞지 않은가? 재벌은 말이 재벌이지 알고 보면 장사꾼이다. 정치인은 리더 아니냐. 리더는 장사꾼 과는 달라야 하지 않겠는가 말이다.

재벌 사모님의 욕설이 하도 대단해서 아는 사람들한테 어떤 집안 딸이냐고 물었다. 나이가 우리 또래인 것을 보면 그 시대에는 잘 나가는 집안의 딸이었으니까 재벌 집으로 시집가지 않았겠는가 짐작은 된다.

구글에 찾아보니 KS 마크다. 그야말로 여성으로서는 대한민국 최고의 학벌이네. 에그 그러면 뭐 하냐. 언행이 저 지경인데. 여기까지 생각하고 보니 혁혁한 양반의식이 내게도 내재해 있음을 깨닫는 순간이었다고나 할까? 혼자서 허망하게 쓴웃음을 짓는다.

아직도 강의하고 있는 까닭은

컴퓨터가 사람의 일을 대체하는 것이 세상이 가는 방향인 것을 그걸 전공한 내 자신이 잘 모르고 살아오지는 않았나 싶어서 "바보같이 살았네요" 하고 싶을 때가 종종 있다.

1980년대 초 그때엔 우리 대학에도 컴퓨터가 없었던 시절이었다. 소공동에 있던 반도조선 아케이드에서 보석상을 하던 사촌시누 남편이 하루는 할 얘기가 있다고 해서 만났다. 아는 사람이 컴퓨터 학원을 차리는데 동업하자고 한다는 것이다. "동업하면 잘될까?"가 질문이었다.

당시는 컴퓨터가 워낙 고가인데다 우리 경제가 구입할 여력이 없었던 때라 정부기관이나 회사들도 대부분 리스lease해서 쓰던 시절이었다. "글쎄요, 컴퓨터 없이 전산학원이 어떻게 제 기능을 발휘할지 모르겠습니다"가 답이었다. 시누 남편은 물론 동업하지 않았다. 삼십여 년 전의 일이지만 돌이켜보면 '해 보십시오'가 정답이 아니었을까 싶어진다.

벌써 40대가 된 큰아들은 어릴 적부터 기계 만지는 것을 좋아했다. 초등학교 때 내 친구 김 교장을 명동 롯데백화점에서 만나는데 데리고 갔다. 김 교장이 뭘 사줄까 하니까 사양하지도 않고 공구 세트를 사달라고 했다. 갖고 내려오더니 롯데리아의 흔들거리는 의자를 고치던 일이 생각난다.

대학과 대학원에서도 기계공학을 전공했는데 지금은 모바일 컴퓨팅 회사에서 일하고 있다. 왜 컴퓨터공학을 전공하면 어떨까 하는 얘기를 단 한번도 해보지 않았을까 스스로도 이해가 안 된다. 막내아들은 대학에서 경제수학을 전공했다. 졸업 후 우여곡절 끝에 벤처회사에서 인터넷 마케팅 업무를 보았는데 지금은 웹 프로그래밍 공부를 하며 그쪽 일을 하고 있다.

같은 대학 경제학과에 다니는 후배에게 컴퓨터공학으로 전과하라고 권고를 해서 졸업을 앞두고 구글에 취직이 되었다고 한다. 자기 일처럼 좋아하는 것을 보면서 만감이 교차했다. 어떻게 엄마인 나는 아들한테 그런 권고를 한번도 하지 않았을까?

지난 1월 아들들 보러 미국에 가면서 남편은『로봇의 부상』이라는 책을 들고 갔다. 본인이 읽기 위해서라기보다도 애들 읽으라고 가지고 갔던 것 같다. 두 아들은 너무 바빠서 읽을 틈이 없고 내가 읽게 되었다. 처음에는 뭐 그렇게 새로운 내용이 있을까 싶어서 맨 뒷장인 10장의 '새로운 경제 패러다임을 향하여'를 읽기 시작했는데 결국은 다 읽게 되었다. 이 책을 읽으면 누구든지 현시점에서는 컴퓨터 공부를 하는 것은 선택이 아니라 필수구나 하는 생각을 하지 않을 수 없을 것이다.

65세가 정년인데 대부분의 우리 또래들은 강의를 하지 않는다. 내막이 어찌 됐든 후배들에게 기회를 줘야 한다는 것이 보편적인 이유인 것 같다. 전공이 첨단 과학 분야여서 그 나이에 그래도 가르칠 것이 있느냐고 물으면 할 말이 없기도 하다.

작년 가을 학기에는 유독 학생들이 많았다. 첫 시간에 들어가서 학습량이 많다고 겁을 팍팍 줬는데도 열두 명밖에 수강신청 변경을 하지 않아서 60명이 훨씬 넘었다. 발표 수업을 진행하면서 그렇게 많은 학생들을 감당하기란 사실상 버겁다. 그러면서도 흥미진진했던 것은 타 전공 학생들이 삼 분의 일을 넘었다는 사실이다. 맨 앞자리 회계학과 C군은 처음부터 반장 노릇을 해주었다. 그렇지 않으면 조교를 불러대야 하는 일도 척척 알아서 해결해주었다. 고마운 일이다.

왜 컴퓨터공학 과목을 듣느냐고 물었더니 자기는 국제공인회계사CPA가 되는 것이 목표인데 앞으로 곧 컴퓨터가 이 일을 맡게 될 것이라고 전망하기 때문이라고 했다. 국내에는 공인회계사들이 넘쳐나므로 자기는 중국이나 인도 같은 나라에 가서 일해보고 싶다는 구체적인 목표도 가지고 있었다.

지난 1월 초에는 졸업생 S한테서 정말 뜻밖의 메일을 받았다. 2005년 졸업생이라고 하면서 자기를 기억하느냐고 했다. 기억하고 말고!

1학년 학생들이 노골적으로 책상에 엎어져 잘 때엔 거의 대부분 게임 중독이라는 것을 은연중에 알고 있었다. 더구나 젊은 교수들이 많이 들어오면서 저학년 기초 과목을 가르치지 않은 지 오래인데… S군은 저학년도 아니고 군대도 갔다온 것 같은데 노골적으로 엎어져 잤다. 중간고사를 치고 보니 성적이 잘 나와서 의아했다. 강의시간에 자면서도 시험을 잘 볼 수 있는 과목이 아니었다. 강의 끝나고 남으라고 했다.

"한두 번도 아니고 너 왜 그렇게 자니?"

생긴 것이나 차림새로 보아서는 부잣집 아들 같은데 편의점에서 밤새 알바를 하고 있다는 것이다. 할 말이 없었다.

보내온 메일은 "워낙 교내활동 없이 공부만하다 졸업해서 기억에 남는 학창시절 사건이 없습니다만 교수님께서 간간히 보여주셨던 관심이 큰 위로가 되었던 기억이 남습니다"로 시작되었다. 그새 LG CNS에서 자동차 배터리 관리 프로그램을 개발해오다가 스웨덴에 있는 볼보에 시니어 소프트웨어 개발자로 취업이 되어 나가게 되었다는 소식이었다.

졸업생이 보낸 소식이 반가웠을 뿐만 아니라 우리나라 수준이 이렇게 올라왔다는 현실에 뿌듯했다. 물론 LG가 배터리 분야에서 세계 제일이라는 것은 그 뒤에 알게 된 사실이다.

그렇지! 몇 년 뒤에 C군도 자기 꿈을 이루고 '인도로 취업하여 나가게 되었습니다' 하는 소식을 보내주면 얼마나 좋을까? 이런 식으로 아직도 강의하고 있는 것에 대한 변명을 스스로에게 하고 있다.

이를 잡던 엄마 꿈

요즘 아이들은 이가 무엇인지 모른다. 더군다나 이를 잡아야 하는 것이 무슨 뜻인지를 어떻게 알겠는가?

초등학교 저학년 시절 엄마는 오후에 심심하면 툇마루에 앉아 내 머리카락에 숨은 이를 잡는 것이 취미였다. 취미였다고 하면 송구스러운 표현이긴 하지만 그때의 나로서는 엄마가 분명 그것하고 귀지를 파는 것을 재밌어하는 것 같았다. 나는 내 머리를 엄마 무릎 위에 올려놓고 이를 다 잡을 때까지 한없이 누워 있어야 하는 것이 무엇보다도 지루했다.

그 당시 학교에서는 매주 검사하고 이가 있으면 이상한 냄새가 나는 밀가루같이 하얀 디디티DDT를 분무기에 넣어 머리에 뿌려 주었다. 디디티 세례를 안 맞으려면 내가 가지고 있는 인내심을 최대한 발휘해야 했다. 그리고 엄마 덕분에 나는 그 디디티 세례를 단 한번도 받지 않은 깨끗한 학생이었다.

그날도 툇마루에 쏟아지는 햇살을 받으며 그지없이 평화로운 엄마의 취미생활이 시작되고 있었는데 이웃집 아줌마가 놀러왔다. 이를 잡는데 몰입해 있는 엄마랑 이런저런 한담을 하다가 형님은 딸이 이 담에 커서 무얼 했으면 좋겠느냐고 물었다. 엄마는 놀랍게도 내가 커서 미국이나 프랑스 같은 데에 가서 공부했으면 좋겠다고 하셨다. 그때 나는 처음으로 프랑스라는 곳이 있다는 것을 안 것 같다. 엄마는 말씀은 그렇게 하면서도 미국이나 프랑스 같은 나라에 가서 공부하고 그 다음에는 어떻게 할 것인지에 대해서는 개념이 없었던 것 같다.

내가 커가면서 엄마가 내게 바랐던 것은 부잣집으로 시집가는 경로가 아니었나 싶다. 고등학교 3학년 때 어떤 전공을 선택할 것인가로 고민들을 많이 했었다. 우리 집에서는 확실하게 전문직으로 갈 수 있는 약대나 의대는 거론도 하지 않았다. 내가 여자라는 이유 때문이었다.

엄마도 이모들도 사범학교를 나와 초등학교 선생님을 잠시 하다가 결혼과 동시에 그만두었다. 막연하게나마 나도 대학을 나오면 중고교에서 교편을 잡게 될 것이 아닐까 하는 정도의 기대를 했던 것 같다.

대학 1학년 때 집을 떠나 기숙사에 가 있다가 여름방학이 되어 집에 오니 내 이름을 개명했다고 하셨다. 서울서 유명한 작명가가 내려왔는데 원래의 내 이름을 그대로 쓰면 사회활동을 하는 사람이 된다고 했다는 것이다. 그래서 '춘호'라는 이름을 시집가서 잘 살라고 지금의 '금희'로 바꿨다는 것이었다. 그것도 가정법원에 가서 재판까지 해가면서 개명했다고 한다.

그 일은 엄마가 내게 바라는 꿈이 무엇인지 확실하게 했다. 대학을 졸업하던 해에 나는 제주에 내려가서 중앙여중 과학교사가 되었다. 교직은 생각보다 힘든 일이었다. 결국 나는 적응에 실패했다. 1년 만에 사표를 제출하고 대학에 조교가 되어 집을 떠났다.

처음에는 대학원으로 진학할 마음도 있었지만 우리 대학에는 당시 대학원 과정이 없었으므로 타 대학을 찾아봐야 했다. 다른 대학원으로 진학한 선배를 만났더니 화학 전공으로 국내에서 대학원을 나와도 직장 구하기가 너무 어렵다고 하면서 유학을 가야만 한다고 강력히 주장하는 것이었다.

문제는 영어였다. 토플 시험을 봤는데 기대에 못미쳤다. 입학허가를 받을 수 있는 정도는 되었지만 장학금을 받기에는 부족했다. 어머니께 유학 비용을 1년만 대달라고 했다. 우리 어머니는 단연 오케이였다.

여름에 휴가를 나온 아버지가 나를 만나러 일부러 서울까지 오셨다. 아버지는 유학 비용을 단 한 푼도 대줄 수가 없다고 하셨다. 두 살 아래 남동생이 이미 대학생이었고 다섯 살 아래 남동생은 재수를 하고 있었다. 그러고도 고등학생, 중학생, 초등학생 동생들이 있는데 "너만 자식이 아니다. 네 동생들도 다 대학은 보내줘야 하는 것이 내 의무이자 소원이다"라고 설명하셨다. 아버지 말씀을 들으니 부모님께 돈을 받아서 유학가는 것은 불가능이라는 생각이 들었다.

불가능이라고 생각은 하면서도 포기하기는 싫었는지 교육부가 시행하는 유학시험도 보러다니고 영어학원에도 계속 다녔다. 그리고 이듬해 우여곡절 끝에 미국 유학생과 결혼해서 미국으로 갔다.

큰애가 다섯 살 되던 해에 대학원 입학 허가를 받고 일시 귀국해서 제주 집에 갔다. 어머니는 그때에도 사업을 벌이고 있었다. 나의 미래에 대해서는 전혀 관심이 없어 보였다. 출가외인이라더니 나는 친정에서 아주 제외돼버렸나 하는 느낌이 들 정도였다. 대학원 진학을 극구 말린 아버지 영향인지 한마디 언급도 안 해주셨다. 여러 장에 걸친 아버지 반대 편지로 면역이 되어서 그런지 섭섭하지도 않았다. 그러려니 했다.

1981년 봄 모교에 취직이 되어 들어왔을 때에는 아버지가 너무 좋아하셨다. 대학원 진학을 강력하게 반대했던 일은 까마득하게 잊고 기회만 있으면 자랑하고 싶어해서 말려야 할 정도였다. 어머니는 그때에도 별로 좋아하는 기색을 보이지 않았다.

학교 일로, 아이들 일로 노상 바쁘게 살아가는 나를 보면서 "네가 한가해져서 우리랑 놀아줄 수 있을 때쯤 되면 우리는 이 세상에 없을 거야" 하셨다. 도무지 나의 사회활동에 대해서 긍정적인 건지 부정적인 건지 알 수가 없다고 생각했었다.

그래도 여동생이 독일로 유학가서 공부할 때 박사학위는 꼭 받아야 한다고 강조에 강조를 거듭하는 어머니를 볼 때마다 내가 이렇게 살아가는 것이 나빠 보이지는 않으신가보다 싶었다.

제6장

내가 좋아하는 것들

모기

어젯밤에도 내 방으로 들어가는데 모기 한 마리가 따라들어왔다. 저 친구 땜에 또 잠을 설치는 거 아냐? 싶으면서도 그놈을 잡겠다는 생각은 포기했다. 요즘은 나이가 들어 눈이 나빠진데다 금년 들어서는 어디서 굴러온 종자인지 크기가 보통 모기의 반밖에 안 되는 까닭이다. 요 쪼그맣고 까만 모기가 무는 실력은 못지않게 좋아서 여러 날을 시달렸다. 아니 한여름 내내 시달렸다고 하는 것이 맞겠다.

아파트 입구의 화단을 가꾼 지 삼 년째인데 원래 목표로 했던 수국 재배는 성공하지 못해서 금년에는 남쪽 주차장 모퉁이에 손바닥만 한 풀밭을 개간해서 과꽃과 채송화와 봉선화를 심었는데 햇빛이 좋아 성공했다.

그거 가꾸느라 나가면 새벽이든 해질 무렵이든 꼭 모기한테 습격을 당하는데 평균 열 군데 정도는 물린다. 긴 팔 셔츠에 긴 바지를 입어 대비를 하는데도 물리는 곳은 대부분 손등과 팔목, 귓불과 뒷목 그리고 발등이나 발목인데 때로는 옷 위로도 물린다.

원래 나는 할 줄 아는 운동이 별로 없다. 아니 전혀 없다고 해야 맞는 표현일 것이다. 어릴 때 몸이 약해서 학년 초만 되면 어머니가 학교로 쫓아가서 내 딸 운동시키지 말라고 부탁하셨다. 혹시 담임선생님이 잊으셔서 또는 호의로라도 체육시간에 운동을 시켰다가 내가 코피를 흘리는 것을 보면 혼비백산하셔서 그 다음부터는 오히려 운동하지 못하게 주의를 주는 식이었다.

나는 내 스스로를 운동신경이 둔한 사람으로 분류하는데 남편이 반론을 제기하는 것은 내가 아파트에 들어온 모기를 잡는 실력 때문이었다. 정말 어쩌다 잡혔겠지, 아니면 눈먼 모기겠지 하기에는 너무 모기를 잘 잡았다. 정말 내가 운동신경이 나쁜 탓이 아니고 엄마의 과잉보호 때문에 운동을 못하게 되었다고 하고 싶을 정도였다.

모기가 물 고인 데서 자라는 것은 다 알려진 사실이다. 하지만 알에서 번데기가 되기까지 13일 내지 20일 정도 걸리고 성충이 되면 생존 기간이 1~2개월인데 환경에 따라 다르지만 6개월까지 사는 종류도 있다고 한다. 반경 1~2미터 내의 흡혈 대상을 시각으로 인지한다고 하는 사실도 놀랍다. 체취가 강한 사람 또는 화장품 냄새나 비누 냄새가 강한 사람을 더 잘 무는 것으로 봐서는 후각도 발달한 모양이다.

그 쬐고만 몸에 다리도 여섯이나 달고 있는데 그렇게 발달한 눈과 코를 갖고 있다니?! 놀라운 사실이 아닐 수 없다.

성심여대 시절 유기화학을 가르치던 교수님은 우리들이 실험하다 실수하기만 하면 여자 머리는 닭대가리라며 요즘 같으면 여성비하 발언으로 고소라도 당할 질책을 하셨는데 갑자기 모기는 아이큐가 얼마나 될까 하는 의구심이 생긴다.

대학 때 물리 시간에 일의 단위 에르그erg를 설명하면서 모기 체중이 1그램인데 모기가 손등에 앉는 힘이라고 설명하셨던 기억은 나지만 모기의 아이큐는 언급하지 않으셨다. 글을 모르니 아이큐 테스트를 해볼 수도 없지?

체중으로만 따져도 모기 아이큐는 상당하겠다는 생각이 든다. 사람 체중이 60킬로그램이라면 6만 그램인데 모기 아이큐가 0.1점이라 해도 체중대비 6천이라는 얘기 아냐? 0.01점이라 해도 6백점 아냐?

150점 만점으로 아이큐가 130만 되어도 머리 좋다고 으스대는 인간이 모기한테도 가소롭게 보이겠다는 생각이 든다. 특히 자기도 못 잡는 인간 천재를 보며 모기가 어떻게 생각할까? 인간 천재도 별 거 아니네, 하지 않을까? 수명이 짧은 것까지도 모기는 천재다.

무지개

저 하늘 무지개를 보면 내 가슴은 뛰노라.
내 어릴 때도 그러했고
지금도 그러하고
늙어서도 그러하리.
그렇지 않다면 차라리 죽는 게 나으리.

아이는 어른의 아버지
내 하루하루가 자연의 숭고함 속에 있기를

— 윌리엄 워즈워스 「무지개」

열 살 초등학교 5학년이던 1959년 어머니는 사업을 하다 크게 망해서 난생 처음 보는 빚쟁이들이 집에 들락거렸다. 우리는 그때까지도 외가 바깥채에 살고 있었는데 그 날 저녁에도 어머니는 빚쟁이들이 무서워 어디론가 피해버리고 나는 6개월도 채 안 된 셋째동생을 지금은 박물관에나 가야 볼 수 있는 아기 구덕(아기를 흔들어 재우기 위해 바구니처럼 짠 제주 고유의 아기 침대)에 누여놓고 흔들고 있었다.

갑자기 방문이 확 열리면서 얼굴이 마마자국으로 가득한 곰보 할머니가 씩씩거리며 들어오더니 어머니 어디 갔냐고 다그쳤다. 놀라서 아무 말도 못하고 있는 나를 밀치더니 아기 구덕을 엎어버렸다. 그렇지 않아도 배가 고팠을 아기는 놀라서 죽을 듯이 울었다. 안채까지 그 소리가 들렸는지 외할머니가 달려오더니 두 할머니의 육탄전이 벌어졌다. 외할머니는 곰보 할머니를 마당으로 끌고 나가 그깟 빚이 대수냐 내 손자를 죽일 작정이냐고 외치며 안고 뒹굴며 싸웠는데 머리가 한줌 빠지기는 했지만 당연히 체구가 더 크셨던 우리 할머니의 승리였다.

아기를 추슬러 안고 옆에서 싸움을 구경하는 나는 두 할머니의 싸움이 하나도 무섭지 않고 우습기까지 했다. 나도 저리 유치한 싸움은 안 하는데 어떻게 어른들이 저렇게 싸울 수 있을까 한심하다 싶은 마음과 내가 가장 존경하는 어른이신 우리 할머니가 몸싸움에서도 역시 우세하구나 하는 뿌듯한 생각 때문이었다. 외할머니는 당신이 딸을 잘못 낳아서 별일을 다 당했노라고 넋두리를 했지만 엄마는 못 들은 척했다.

몇 년 뒤 중학교 3학년이 되어 문학소녀 친구가 적어준 이 시를 접했을 때의 감동을 지금도 잊을 수가 없다. '아이는 어른의 아버지', 아이는 어른의 어머니라고 하지 않은 것이 불만이기는 했지만 그 구절은 할머니들의 싸움을 객관적인 시각으로 바라보던 내 모습을 아주 잘 표현해주고 있다고 느꼈기 때문이었다. 그리고 그 싸움을 바라보고 있던 바로 그 시점이 나 스스로가 어른이 된 순간이라고도 해석하고 싶었다.

어떻게 어느 한순간에 아이가 어른이 될 수 있겠는가?

그렇지만 저 시는 그렇게 말하고 있는 거 아닐까?

사업 실패는 나로 하여금 더 이상 어머니를 신뢰하지 않는 계기를 만들었다. 외할머니는 물론 이모들을 위시한 주위사람들 모두가 안 되는 사업이라고 했고, 하지 말라고 그렇게 말렸는데도 엄마는 강행했고 드디어 1년도 채 못가서 망하고 말았다.

그때부터 외할머니가 하는 모든 일이나 말씀은 옳은 것으로 받아들이게 되었고 엄마가 하는 말이나 일은 믿지 못하게 되었다. 그 이전에는 엄마가 무서워서 말을 잘 들었는데 그 뒤부터는 엄마가 불쌍해서 말을 잘 듣는 딸이 되었다.

사람들은 '무지개를 보면 내 가슴은 뛰노라'는 구절을 좋아하는 것 같은데 나는 아이들을 키워보니 더더욱 '아이는 어른의 아버지'가 진리라고 믿으며 이 구절을 그때에도, 지금도 제일 좋아한다.

만화 그려진 옷

친정어머니는 다방면으로 솜씨가 좋은 분이었다. 중학교 다닐 때부터 이모들 교복을 손수 지어 입혔다고 한다. 그때는 일제 말기였는데 해군복같이 생겨서 세라복(세일러복)이라고 불렸던 교복이다. 사진으로 보기에도 결코 만들기 쉽지 않았을 것 같은 옷이다.

내가 아주 어렸을 때부터 나는 물론 내 동생들이 명절에 입는 설빔은 물론 평상복도 다 지으셨다. 제주시에는 항시 영업 중인 시장이 두어군데 있었지만 우리 집에서 비교적 가까운 곳에 닷새에 한번씩 오일장이 서곤 했다. 그런 날이면 어머니는 나를 데리고 가서 엄청나게 크고 둥근 멍석 위에 산더미같이 쌓아놓고 파는 구호물자를 뒤졌다. 구호물자는 미국에서 가난한 우리나라 사람들에게 쓰라고 보내온 중고 옷들이다. 구호물자 중에서 재생 가능한 것들을 고르시느라 정신이 없었다. 우리 엄마뿐만 아니라 다른 엄마들도 마찬가지여서 경쟁적으로 좋은 것을 찾느라고 분주했으니까 먼저 집은 사람이 임자라는 뭐 그런 심리들이 아니었을까?

어쩜 그것은 요즘 내가 행복한백화점 야외행사장에 쌓아놓고 파는 만 원짜리 옷들을 뒤지는 재미와 같은 것이었는지도 모른다. 감이 좋고 큰 옷, 그리고 별로 닳지 않은 것으로 여러 개를 골라 값을 흥정해서 구입하고 집에 가져오면 우선 깨끗하게 세탁한 다음 이리저리 가위질하고 재봉틀로 박고 다림질하면 새 옷이 되는 것이다. 그 당시 우리 형제들은 옷가게에서 산 옷보다는 엄마의 제품을 더 많이 입고 자랐다.

어떻게 생각하면 1950년대 그 시절 고향 동네에서는 유일무이했을 디자인의 미제 옷감으로 된 옷을 입을 수 있었으니 지금 기준으로 생각하면 로열티도 안 주면서 외국 브랜드 옷을 입은 셈이지만 나는 그것을 별로 좋아하지 않았다. 그냥 다른 애들처럼 옷가게에서 산 평범한 옷을 입었으면 싶었고, 구호물자로 만들었다는 사실도 싫었다. 입고 나가면 사람들이 너희 엄마 솜씨 대단하다고 감탄해서 시선을 끄는 것도 상당히 부담스러웠다.

그렇게 수고하는 엄마한테 죄송하기 짝이 없는 일이어서 내색하지 않고 잘 입고 다니긴 했었다. 벗고 다닐 순 없는 노릇이지 않은가?

아무튼 중학교에 가서 교복을 입고 다닐 때까지. 사실 중학교 교복도 아버지가 안 입으시는 두루마기를 옷감이 일제라서 좋다며 재활용했다. 엄마가 패턴이 없다고 하시면서 이번에는 양장점에 가지고 가서 재활용한 것이다.

세월이 흘러 1974년 미국에서 나도 엄마가 되었고 큰애가 걸음마를 할 무렵 우리 엄마처럼 아이 옷을 만들어 입혀보겠다고 세일로 나온 옷감을 사다가 재봉틀이 없으니 손으로 꿰매서 바지는 몇 개 만들었는데 셔츠는 만든다고 애를 썼지만 예쁘게 되지 않아 아예 그 길로 평생 포기해버렸다.

그러고는 요즈음 우리네 이마트 같은 케이 마트K-mart에 가서 사 입혔는데 그때 처음으로 가슴에 만화가 그려진 옷을 만났다. 대부분 미키마우스나 도널드덕 같은 월트 디즈니 캐릭터나 세서미 스트리트sesame street에 나오는 주인공들 그림이 그려진 옷이다.

나는 만화영화나 텔레비전 만화 프로도 좋아했지만 어릴 때 못 입어봐서 그런지 그런 그림이 그려진 옷들을 아주 좋아했다. 그때만 해도 어른 옷에는 가슴팍에 무언가를 잔뜩 그려넣던 시절이 아니어서 나도 조만간에 그런 옷을 입게 될 것이라고는 상상도 못했던 것 같다.

그러더니 어느 틈엔가 어른 옷에도 가슴에 무엇인가를 그려넣거나 수를 놓은 티셔츠와 원피스가 출현하여 조금씩 많아지더니 어느 사이에 무엇인가를 그려넣지 않으면 안 되는 것처럼 지금은 보편적인 것이 되었다.

나는 수를 놓은 옷을 좋아하긴 하지만 너무 고급스러워서 잘 안 입는다. 사진, 정물화 또는 산수화 같은 고상한 그림이나 패턴이 있는 것에는 거부감을 갖고 있으면서도 만화를 그려넣은 것은 아주 선호하는 모양이다. 물론 외출용, 특히 직장에 입고 가는 옷에 만화가 그려진 것을 시도해본 일은 별로 없지만 언제부터인지 집에서 입는 옷이나 잠옷에는 만화 그려진 옷을 자주 입었던 것 같다.

그런지 오래되었음에도 불구하고 파출부 아줌마가 그 사실을 지적하기 전에는 나이에 안 어울리게 그러고 있다는 사실조차도 인식하지 못하면서 입고 있었다.

그 얘기를 듣고 나서야 비로소 내가 왜 그러지?

구호물자로 만든 옷을 입고 자라서 그런 것일까?

내 스스로가 어릴 적의 나를 동정하고 있는 것일까?

어릴 때 못 입어봐서 보상받고 싶은 심정일까?

아니면 나한테 아직도 덜 자란 부분이 남아 있단 말인가?

도대체 만화가 그려진 옷을 좋아하는 근본적인 이유는 뭘까?

근래에도 젊은이들이 많이 가는 옷가게를 기웃거리며 내 사이즈로 나온 만화 그려진 옷은 없나 무의식적으로 찾아보고 있는 자신을 발견하며 쓴웃음을 짓는다. 왜 우리가 대학 다니던 1960년대 말에는 어딘가 모르게 편치 않은 정장 같은 옷들을 양장점에서 맞추어 입고 살았는지?

요즘 아이들은 참 좋겠다는 생각을 아니할 수 없다.

청바지

벌써 20여 년 전에 "청바지가 잘 어울리는 여자, 나는 그런 여자가 좋더라" 하는 노래가 유행했었다. 나한테도 청바지가 잘 어울리는지는 모르겠지만 이 노래가 유행하기 훨씬 전부터 나는 청바지를 좋아했다.

고등학교 때는 교복 입고 살았으니 구경도 한 일도 없었고 청바지를 처음 본 것이 아마 대학 다닐 때 텔레비전에서 기타 치며 노래하던 양희은이 입은 걸 본 일이 아니었을까 싶다.

성심여대는 내가 들어가던 1967년과 1968년에는 교복이 있어서 그걸 입어야 했고 3학년이 되면서 없어지긴 했지만 그때 학교는 바지를 못 입게 금지하고 있었다. 대학 다니는 동안 청바지를 입어본 일도 입을 생각도 해본 적도 없었다. 바지도 못 입게 하는데 청바지를 입는다는 건 못된 송아지 엉덩이에 뿔나는 격이어서 나 같은 현모양처 지망생은 감히 엄두도 못 내는 일이었다.

그러다가 졸업하고 불과 3년 뒤 미국 유학생한테 시집가게 되어 가져갈 옷을 준비하는데 이대 입구 사촌동생이 단골로 다니던 양장점 이따리아나에 가서 청바지부터 맞췄다. 그것이 내가 난생 처음 입어본 청바지였다.

입어보니까 좋은 점이 한두 가지가 아니었다. 우선 100% 면으로 만들었으니 감촉이 좋고 무엇보다도 세탁기에 집어넣고 빨아서 건조기에 말리면 다리미질한 것 같은 효과가 나니 좋았다. 더구나 청바지에는 어떤 색의 상의든지 잘 어울리니 나같이 미적 감각이 둔한 사람한테는 더 없이 좋은 선택이었다.

청바지는 19세기 초 미국 서부의 골드러시goldrush 때 남부 독일 출신 리바이 스트라우스가 샌프란시스코로 이주해와서 텐트용 천jean을 이용하여 광부들이 원하는 질긴 작업복 바지를 만들었던 데에서 유래한다. 브랜드가 없던 당시 이 바지는 사람들에게 '리바이의 바지'라고 불렸다는데 사실인지 모르지만 리바이 스트라우스는 청바지로 금광업 하는 사람들보다 돈을 더 많이 벌었다는 얘기도 있다.

아직도 리바이스가 청바지 시장점유율 1위이긴 하지만 흰색 언더웨어만 입던 시절 컬러로 무늬가 있는 팬티를 내놓아 사람들의 속옷에 대한 인식을 바꿔놓았던 켈빈 클라인Calvin Klein은 브룩 실

즈라는 세기의 미녀를 내세워 그 유명한 "청바지와 나 사이에는 아무 것도 없어요There's nothing between me and my jeans" 하는 광고 멘트로 노동복이었던 청바지에 대한 개념을 완전히 바꾸어놓았다. 청바지로도 얼마든지 섹시함과 화려함을 뽐낼 수 있다고 생각하게 된 계기를 만든 것이다.

스노진이라고도 불리는, 낡고 빛이 바랜 '스톤워시 청바지'는 게스Guess의 창업주 폴 마르시아노Paul Marciano가 처음 내놓은 아이디어다. 청바지를 돌과 함께 넣고 세탁하여 부분적으로 탈색시키는 수법을 쓴 것이다. 스리 지퍼 청바지three zipper jeans도 그의 작품인데 배와 양쪽 발목 세 곳에 지퍼를 달아 몸을 넣고 꿰맨 듯이 딱 붙게 만들었다. 서서 입을 수도 없어서 여성들이 매장 바닥에 드러누워 지퍼를 올렸다고 해서 화제가 된 이 청바지는 나오자마자 곧 1,000만 장이 팔렸다고 한다.

나는 왜 청바지를 좋아할까? 남녀노소 할 것 없이 노상 청바지를 입고 사는 미국 사람들 영향일까? 일할 때 입는 옷이니 일을 좋아해서 그럴까? 내가 제일 존경하는 외할머님이 평생 평상복으로 몸빼를 입고 사셨는데 혹시 나한테는 청바지가 몸빼 역할을 하고 있는 것은 아닌가 하는 근거가 희박한 유추도 해본 적이 있다.

직장 생활을 했으므로 물론 외출할 때 청바지를 입는 일은 별로 없었지만 집에서는 노상 입고 살았다. 그러다가 40이 되니 청바지가, 특히 새로 산 것이 빳빳해서 불편하고 길들이면 부드러워진다는 걸 알면서도 길들일 때까지 참는 것도 싫어서 한동안 안 입었다.

얼마 후 폴리우레탄을 3~5% 혼방해서 만든 보통 '스판stretch'이라는 청바지가 나왔는데 착용감이 뛰어났다. 청바지 애호가로서는 이 얼마나 반가운 출현인가? 오래 살고 볼 일이다.

3년 전 캘리포니아 프리몬트에 사는 아들네에 가 있는 동안 뉴저지에서 식품첨가물 회사를 창업하여 자수성가한 친구가 샌프란시스코로 회의하러온 기회에 둘이 만나 유니언 스퀘어에 쇼핑나간 일이 있었다. 그 친구가 입은 청바지가 좋아보여서 무슨 브랜드냐고 물었더니 '세인트 존'이라고 했다.

몇 해 전 서울에서 600만 원짜리 세인트 존 자킷이 나왔는데 불티나게 팔렸다고 하고 투피스는 남대문 짝퉁도 150만 원 한다는 얘길 들은 생각이 나서 얼마짜리냐고 물었더니 350달러라고 하면서 오래 입어도 늘어지지 않아서 좋다고 했다. 청바지의 대명사인 리바이스도 50달러면 사는데 부자니까 역시 다르긴 다르군 싶었다.

그 뒤부터 왠지 나도 청바지 애호가로서 센 존은 하나 사야 할 것 같아서 벼르고 있었는데 운 좋게도 할인매장에서 맞는 것을 하나 발견했다. 반액인데도 200달러 넘게 줬으니 옷에는 더구나 바지에는 100달러만 넘어도, 서울에서는 10만 원만 넘어도 잘 안 사는 나로서는 막대한 투자가 아닐 수 없다. 예쁘지도 않은데 저 비싼 걸 도무지 어딜 입고 가겠다고 샀는지?

언제부터인지 모르겠지만 우리나라에서도 청바지는 세대를 초월한 의상이 되고 있는 것 같다. 중년 여성용 고급 의류나 골프웨어 메이커조차 모직바지 못지않게 비싼 가격의 청바지를 내놓고 있다. 고급화하느라고 수를 놓거나 반짝거리는 비즈들을 달아서 화려함까지 뽐내는데 눈에 띌 때마다 나로 하여금 저걸 확보해야 하나 말아야 하나로 갈등하게 한다.

호랑이 담요

의류학을 전공하는 교수 친구가 얼마 전에 이사를 갔다. 서재에 관복의 흉배로 쓰였던 학을 염색해서 만든 액자가 걸려 있다. 직물을 주로 염색하던 제자가 선물한 것인데 호랑이 그림과 한 쌍이었다.

그 호랑이 그림은 내가 달라고 해서 갖고 있었는데 20년 넘는 세월이 흐르는 사이에 어디로 갔는지 집에 와서 아무리 뒤져봐도 오리무중이다. 친구는 여전히 잘 간직하고 있는데 이렇듯 까마득하게 잊어버릴 수가 있는 것인지 스스로가 한심했다.

나는 호랑이를 좋아한다. 제주도에서 낳고 자라서 외지로 나갈 일이 별로 없었던 어린 시절에도 나는 호랑이를 좋아했던 것 같다. 사람도 잡아먹는다는 으스스한 육식성 동물을 실지로 본 적도 없으면서. 더구나 한라산에는 호랑이가 없었으니까 볼 수 있는 기회조차 없으면서도 그렇게 좋아했다는 것은 억지였을까?

1967년 대학입시를 치른다고 난생 처음 서울에 왔다. 그땐 본고사밖에 없던 시절이었다. 시험치고 난 다음날 고등학교 친구들과 만나서 처음 간 곳이 창경원이었다. 왜 하필이면 동물원이었던 창경원에 갔는지 모를 일이지만 그때는 서울에 올라오면 모두들 가는 곳이 거기 아니었나 싶다.

그렇게 궁금했던 호랑이를 만났으니 반가워서 꽥꽥 소리라도 지르고 싶었지만 그리로 오는 길에 버스 타고 한강다리를 건너다가 스케이트 타는 것을 난생 처음 보고 "야! 스케이트다!" 소리를 질렀다가 친구들한테 촌티 내지 말라고 눈총을 받았던 터라 조용히 조신하게 바라만 보고 있을 수밖에 없었다.

호랑이는 상상했던 것보다는 크지 않았고 듣던 만큼 그렇게 무시무시하지도 않았다. 그때까지 한번도 본 적은 없었지만 책에서 읽고 익숙하게 들어온 동물이어서 그랬는지 몰라도 어딘지 모르게 친근감이 느껴졌다. 그날 창경원에서 봤던 다른 동물들은 하나도 기억이 안 나지만 구름 잔뜩 낀 겨울날 우리 안을 왔다갔다 하면서 어슬렁거렸던 호랑이 모습은 아직도 선명하게 기억에 남는다.

호랑이는 우리 조상들이 가장 두려워한 맹수이면서도 가장 좋아했던 동물이다. 조상들뿐만 아니라 지금도 우리가 가장 좋아하는 동물이 아닌가 싶다. 88서울올림픽의 마스코트가 된 것만 봐도 알 수 있듯이.

우리나라 사람만 호랑이를 좋아하는 건 아닌 것 같다. 아르헨티나 작가 보르헤스는 어릴 때 호랑이를 보고 반했다는데 용맹성 같은 성질보다도 오히려 그 모습이 아니었을까 싶다. 유전적인 이유로 일찍 눈이 먼 보르헤스는 노년에 젊은 때 좋아했던 여자 모습은 기억하지 못해도 어린 시절에 봤던 호랑이 모습은 선명하게 기억한다고 했다.

그는 문학 자체를 호랑이에 비유할 만큼 호랑이를 숭배했다. 완벽한 호랑이를 만들어내려고 매번 노력하는데도 박제되거나 약질이거나 이상하게 생긴 놈이 나온다고 고백하고 있다.

나보다 열세 살 위인 작은이모는 아주 멋쟁이시다. 1960년대 내가 중학교 다닐 때 이미 호피 무늬 겨울 코트를 맞춰 입으셨는데 그 뒤로 50년 이상 살아오는 동안에 이모가 입었던 많은 옷 중에서 그 코트가 제일 멋있었던 것 같다. 대학 다닐 때 호랑이 무늬로 된 옷이나 코트를 입은 적은 없었지만 호랑이 무늬 스카프를 몇 년 동안 애용했었다.

요즘에 와서 나는 아주 호피 무늬 콜렉터가 된 것 같은 기분이 든다. 호피 무늬로 된 메시mesh 여름 가디건도 있고 춘추용 면 티셔츠도 있다. 검정 톤이긴 하지만 트레이닝 대용으로 입는 호랑이 무늬 면바지도 두 개나 있고 지난 봄에는 뒤늦게 호피 무늬 반코트까지 샀다. 겨울이 다 지난 뒤였는데도 당장 안 사면 영원히 살 수 있는 기회를 놓칠 것처럼 서둘러 구입했지만 왜 그랬는지? 멋있었던 작은이모의 코트가 생각나서 그랬는지도 모르겠다.

사실 호랑이는 일곱 종류가 넘는데 우리가 말하는 호랑이는 아시아 호랑이 또는 시베리아 호랑이를 뜻한다. 고양이과 동물로는 호랑이 외에도 레오파드, 재규어, 삵, 사자, 퓨마, 흑표범 등이 있다.

'호피 무늬' 또는 '호랑이 무늬'라고 할 때의 그 무늬가 정확하게 긴 줄이 있는 시베리아 호랑이 무늬인 것 같지는 않다. 오히려 재규어나 표범 또는 레오파드에 더 가까운 패턴이 아닐까 싶다. 그것이 진짜 호랑이 무늬였든 아니든 간에 나뿐만 아니라 사람들은 호랑이 무늬를 아주 좋아하는 것 같다. 호피 무늬로 된 겉옷뿐만 아니라 쿠션, 백팩, 안경, 레깅스, 신발 등 온갖 소품이 다 나와 있고 심지어는 속옷과 잠옷까지 나와 있다.

30여 년 전 미국에서 대학원을 마치고 귀국하려고 바빴던 겨울이었다. 석사논문 한다고 힘든 시절이었는데 7년 만의 귀국이라 선물 준비한다고 더 바빴다. 주말에 메이시 백화점에 갔는데 입구 벽에 130×150센티미터 크기의 독일제 아크릴 재질의 호랑이 담요가 걸려 있었다. 한눈에 반했다. 호랑이 가죽을 담요 전체에 그려넣은 그림이었다. 사실 그때에는 담요에 반했다기보다 그림에 반해서 샀다.

아직도 식구들이 소파에서 텔레비전을 보다가 덮는 담요로 애용하는 물건이다. 오래 됐고 낡기도 해서 다른 것으로 바꿔보려고 수차례 시도했지만 번번이 실패했다. 그 새 정이 들었는지?

친구한테서 얻은 호랑이 액자를 찾을 수 없으니 어디서 꼭 하나 장만해야겠다는 생각을 하면서 둘러보니 내가 호랑이 담요를 덮고 있다. 이렇게 덮고 있으면서 그리고 호피 무늬 옷도 많으면서 꼭 벽에다 걸기까지 해야 할지 갈등하고 있다.

왜 수국에 꽂혔을까?

근래 들어서 행복에 관한 글을 두어 편 썼지만 뭔지 모르는 암담함에 시달리고 있다. 앞으로 열 편을 더 쓴다 해도 이런 미흡함에서 벗어나기는 힘들 거라는 생각을 하고 있었다.

지난 주 월요일 문화센터 수필반이 끝나고 커피 마시는데 Y씨가 심각하게 자기는 젊었을 때보다 지금이 더 좋은 것 같다고 하면서 나더러 솔직하게 얘기해보라고 한다. 지금이 좋은지 아니면 젊었을 때가 더 좋았는지. 나는 별로 망설이지 않고 젊었을 때가 더 좋았다고 대답했다. Y씨는 의외라는 반응이다. 나이 들수록 더 좋아질 줄 알았는데 안 그렇다니까 걱정이라는 투다.

나는 어린 시절이 별로 행복하지 않았다고 생각하는 사람 중의 하나다. 어릴 때보다 젊은 시절이 더 좋았다고 하니까 작은 이모는 "너는 참 행복한 인생을 사는구나!" 하셨다. 그런 평을 받으니까 듣기에 나쁘지는 않았지만 글쎄 뭔지 모르게 정답은 아닌 것 같다는 생각이 들었다고나 할까?

나보다 열세 살 위인 작은이모는 딸을 무려 여섯이나 낳고 아들을 낳았다. 가장 행복했던 때가 아들을 낳았던 때였음은 말할 것도 없다. 아들이 없어서 마음고생을 꽤나 많이 하셨던 외할머니의 영향을 직격탄으로 받았다고 아니할 수 없는 결과다.

그에 비해 나의 경우는 친정도 아들이 넷, 시댁도 아들이 셋씩이나 되는 혈통 덕인지 아니면 신혼 초부터 "금희는 아들을 낳아야 한다"고 염불을 외시던 시어머니의 기도 덕인지 첫째부터 아들이었으니 거기서 행복 운운하기는 별 의미가 없다. 더구나 지금은 세상이 바뀌어서 아들이 셋이면 목메달이라고 하지 않는가?

우리 윗세대는 어린 시절이 행복했다고 하는 걸 정설로 여기는 것 같다. 누구도 감히 반론을 제기하지 못할 정도다. 어쩌면 우리뿐이 아닌지도 모르겠다. 십여 년 전 제자가 역사상 미국 사람들이 가장 많이 보았다는 영화 베스트 100 명단을 가져다줬는데 놀랍게도 1위가 〈시티즌 케인〉이었다. 100개 중 반 이상 아니 삼 분의 이 정도 보았는데 정작 베스트는 안 보았다니!

당시에는 비디오 대여가게가 아파트 상가마다 성황을 이루던 때여서 서둘러 빌려다 봤다. 재미있게 보긴 봤지만 워낙 필름이 오래 돼서 그런지 옛날 영화라서 그런지 주인공 케인이 일생 찾아

헤매는 로즈버드가 무엇인지 놓치고 말았다. 가난했지만 어릴 때가 행복했다고 주장하는 스토리여서 미국 사람들도 다 마찬가지네 했었다. 인터넷에 찾아보니까 주인공 케인이 일생 찾아 헤맨 로즈버드가 어릴 때 가지고 놀던 썰매 이름이었다고 한다.

패스트푸드 전문점 맥도날드는 지난 달 30일부터 어린이용 세트 메뉴 '해피밀'을 사면 '슈퍼마리오 토이' 4가지 중 1개를 무료로 주는 행사를 시작했다. 행사 첫날부터 조기 품절되는 매장이 속출했고 '재고가 있느냐' 아니면 아직 '남아 있는 매장이 있으면 알려달라'는 문의 전화가 빗발쳤다고 한다. 맥도날드가 준비한 '슈퍼마리오 토이'물량은 전국적으로 3일 만에 동이 났다.

오늘 아침 맥도날드에 가보니까 해피밀 메뉴판 위에 '슈퍼마리오 토이 2차분은 6월 16일에 들어옵니다'라는 메시지가 붙어 있었다.

이번 행사에 열광한 것은 놀랍게도 어린이가 아니고 어른들이었다고 한다. 트위터와 페이스북 등 소셜네트워크 서비스 상에는 넥타이부대가 떼로 몰려와 해피밀을 외치고 있다거나 점심시간에 회사 동료들과 '해피밀 원정대'를 결성하고 인근 맥도날드를 모두 뒤졌다는 이야기가 잇따랐다. 4종 전부 모았다는 성공 스토리도 인증 사진과 함께 올라왔다. 중고 물품 거래 사이트에선 '슈퍼마리오' 1종이 3,500원 하는 해피밀 가격보다 세 배 가까이 비싼 1만 원 내외에 거래되는 상황도 벌어졌다고 한다.

왜 20대, 30대가 슈퍼마리오 토이에 열광하는 것일까? 슈퍼마리오는 1981년 일본 닌텐도게임에서 첫 선을 보인 캐릭터다. 인형 증정품이 인기를 끄는 까닭은 지금 바로 이때가 아니면 구하지 못하는 한정품이기 때문이다. 더구나 이번에는 사람들이 '너도 구했니? 나도 구했다'고 하면서 소속감과 동질감을 느끼고 싶어하는 심리가 작용하고 있다고 말하는 심리학 교수도 있다. 더구나 슈퍼마리오 토이가 이렇게 폭발적인 인기를 끄는 것은 행복했던 어린 시절의 기분을 다시 느끼고 싶어하기 때문이라고 한다.

갑자기 나는 왜 사오 년 전부터 수국 꽃 피우기에 매달리고 있는지를 돌이켜보게 된다. 매달리고 있을 뿐만 아니라 고향 제주에 땅을 좀 사면 내 맘대로 수국을 실컷 키울 수 있지 않을까 하는 꿈까지 꾸고 있다.

어린 시절 초등학교 6학년 때까지 외가에서 자랐다. 농업학교 교장선생님이었던 외할아버지는 과수원에 온갖 종류의 과실수를 모두 실험용으로 키우셨다. 화단에도 역시 당시로서는 희귀했던 화초들이 많았다. 더 예쁜 꽃들이 많았는데도 내가 유독 수국을 좋아하게 된 이유가 뭔지 사실은 나도 잘 모르겠다. 꽃 색깔로는 드문 파란 색이었기 때문이 아닐까 싶기도 하고 꽃들은 봄에 많이 피는데 여름 내내 피어 있던 때문이 아니었을까 싶기도 하다.

아파트 건물 앞 화단을 가꾸기 시작한 것이 2010년부터였으니까 햇수로 5년이 된다. 수국이 금년에 처음으로 꽃을 피웠다. 흰색, 분홍 그리고 분홍과 푸른색이 섞인 보라색이다. 심은 지 오래 되어 나무가 크기도 하지만 흰색은 스무 송이, 분홍은 서른 송이 이상 피우고 있어 보기만 해도 배가 부를 정도다. 이래저래 스무 그루 가까이 심었는데 일곱 그루가 피었으니 나쁘지 않은 실적이다. 사실을 고백하자면 더 많이 심었지만 더러 죽이기도 했다.

수국은 흰색의 경우 토질의 영향을 받지 않지만 다른 색들은 토질이 산성이냐 알칼리성이냐에 따라 꽃 색깔이 달라진다. 산성 흙에서 푸른색이 알칼리성에서는 분홍색이 그리고 중성에서는 푸른색이 섞인 분홍으로 핀다.

꽃이 탐스럽게 핀 것만으로도 감지덕지해야 할 판인데 외갓집 수국은 진한 푸른색이었는데 하면서 짙은 푸른색 꽃을 피워보겠다고 고집하는 나를 보면 스스로도 의아해진다. 그렇다고 인정하기 싫지만 어린 시절이 그리워서 그러는 것은 아닌지 모르겠다.

돼지고기를 좋아해

여동생은 요리하는 것을 별로 좋아하지 않는다. 기회만 있으면 요리는 하지 않고 맛있는 거 먹을 궁리를 하는 것이 못마땅할 때가 있지만 나보다 열두 살이나 아래여서 나하고는 세대 차이가 있는가보다 하고 이해하려고 애쓴다.

친정어머님이 살아계실 때 "네 동생은 어릴 때 공부 잘하는 것으로 모든 것을 덮어준 것이 내 잘못이었다"고 하면서 끊임없이 요리를 잘하려고 애쓰는 너와는 다르다는 얘길 종종 하셨다.

그런 여동생도 독일서 공부할 때 삼겹살로 대박난 얘기를 했다. 한국 학생들이 모여서 바비큐를 하면 매번 불고기로 했다고 한다. 자기네가 음식을 준비하는 당번이 되었을 때 삼겹살을 구웠더니 사람들이 너무 좋아했다고 하면서 그 뒤로는 모이면 으레 삼겹살을 먹었다고 한다. 마인츠 대학 유학생 사회에 삼겹살을 전파시킨 것이 본인임을 대단히 자랑스러워했다.

1973년 미국 유학생하고 결혼해서 난생 처음 남편 따라 미국에 갔다. 당시에는 하와이에서 입국수속을 했다. 하와이에서는 공항에만 잠시 머물고 엘에이로 가서 비행기를 갈아탔는데 목적지는 샌프란시스코였다.

밤 10시가 넘어서 샌프란시스코 공항에 도착하니 남편 선배가 마중을 나와 있었다. 선배는 저녁을 제대로 못 먹었을 거라고 걱정을 태산같이 하면서 우리를 24시간 하는 식당에 안내해주었다. 햄버거는 다 팔려버려 없다고 해서 핫도그 샌드위치를 주문해주었다. 한 뼘 길이 20센티가 넘는 소시지는 보기도 처음이었지만 토마토케첩과 겨자만 넣었는데도 너무 맛있었다. 말은 안 했지만 미국에 오길 잘했다는 생각이 들었다.

그것이 돼지고기를 많이 먹는 제주도 사람 입맛이기 때문이었을 것이라는 생각을 하게 된 것은 훨씬 뒤의 일이다. 서툰 신혼살림을 하던 시절 남편 친구들이 여럿 온다고 해서 점심으로 육개장을 끓였다. 친정에서 하던 대로 돼지고기로 끓였다. 밥을 먹던 친구들 중 한 사람이 "육개장 맛이 왜 이래?" 하니까 조금 뒤에 "혹시 이거 돼지고기 아냐?"하고 다른 분이 대답했다.

죄지은 사람처럼 아무 말도 못했지만 나는 그 순간 처음으로 육지 사람들은 육개장을 쇠고기로 끓인다는 것을 알았다. 그래도 맛있게들 다 드셔준 것이 정말 감사할 지경이었다. 그 뒤로 평생 육개장을 쇠고기로 끓이고 있다.

그러면서도 여동생과 나는 우리가 쇠고기를 싫어하는 것이 아니라 다만 불고기나 양념갈비처럼 설탕을 넣는 고기요리를 좋아하지 않는 것이라고 결론을 내렸다. 알레르기가 있는 것도 아닌데 돼지고기를 안 먹는 서울 사람들을 보면 혹시 고기 맛을 모르는 것은 아닐까 하는 의문을 떨쳐버릴 수가 없다.

영국 잡지 『이코노미스트』는 송년 특집으로 여러 가지 기사를 실었는데 그 중에서도 '중국의 돈 : 돼지의 왕국'Swine in China: Empire of the Pig이 내게는 제일 큰 관심꺼리였다.

중국은 1970년대 후반 농업을 자유화하면서부터 돼지고기 소비가 거의 일곱 배로 증가했다고 한다. 지금 중국은 해마다 전 지구상의 돼지의 반에 해당하는 5억 마리를 생산하고 또 소비한다. 돼지고기는 이 나라의 기본이 되는 육류다. 표준 중국어Mandarin로 '고기'란 단어와 '돼지고기'는 같은 말이라고 한다. 한자 가家는 지붕 아래 돼지 '돈' 자가 들어 있다.

중국에서 돼지고기는 아주 가끔 일 년에 서너 번 먹는 사치 중의 하나였는데 근래에 와서 참으로 극적인 변화가 일어났다. 중국인들에게 돼지고기는 족발부터 내장, 꼬리까지 버릴 것이 하나도 없이 전부 다 먹을 수 있는 식재료이다. 중국인들은 지금 일 년에 일인당 돼지 삼 분의 일 마리 정도인 39킬로그램을 먹는데 우리의 두 배다. 1979년에 먹던 양에 비하면 다섯 배이고 미국 사람들보다도 더 많이 먹는다. 1980년대까지도 돼지의 95%는 다섯 마리 이하로 키우는 가축이었는데 오늘날 소규모로 키우는 양은 20%에 불과하고 나머지는 10만 마리까지 키우는 대규모 공장형 농장에서 자라고 있다.

중국인들이 돼지고기를 너무 많이 먹어서 국가경제가 흔들릴 지경이다. 돼지고기 값이 올라가면 다른 물가도 오르기 때문이다. 정부가 구매와 방출을 통해서 공급을 조절하지 않으면 안 될 정도가 된 것이다.

돼지를 집안에서 키울 때에는 음식물쓰레기를 처분해줘서 좋았는데 대량생산에 들어가니까 고기 1킬로그램을 생산하기 위해 곡물 6킬로그램을 먹여야 하는 것이 보통 문제가 아니다. 물과 땅이 귀한 중국에서 생산되는 곡물로는 어림도 없다, 전 세계 사료의 절반 이상을 중국 돼지가 소비하고 있다는 보고도 있다. 중국은 2010년에 이미 전 세계 콩의 50% 이상을 수입했다. 2022년이 되면 옥수수를 1,900톤 내지 3,200톤 정도 필요로 할 것이라는 예측도 있는데 이는 전 세계 생산량의 5분의 1 내지 3분의 1에 해당한다. 결과적으로 지구 반대편에까지 돌이킬 수 없는 영향을 끼치고 있다.

브라질은 아마존 원시림 2,500만 헥타르를 개간하여 수출용 콩을 재배하고 있다. 아르헨티나는 1990년부터 수천 헥타르의 원시림을 없애고 콩 재배에 들어갔으며 생산량의 거의 전부인 800만 톤을 중국에 수출하고 있다. 그것도 모자라서 중국은 돼지 사료 재배를 위해 미국을 위시한 다른 나라에 광활한 땅까지 비밀스럽게 구매하고 있다고 한다. 뿐만이 아니다. 돼지는 번영의 상징일지 몰라도 돼지 배설물은 물과 땅을 오염시키는 최대의 주범이며 지구 온난화를 가속시키는 위협 요소이기도 하다.

제주도에서 낳고 자란 나는 자연히 돼지고기가 맛있다는 것을 어릴 때부터 알고 있었다. 14억 인구가 그걸 증명해주고 있으니 뿌듯하기 그지없지만 이건 무슨 중국의 인해전술도 아니고 계속해서 돼지고기를 즐겨도 될 것인가 하는 의구심에 빠져들게 하는 기사였다.

우리나라는 삼겹살 소비가 줄어들고 있다고 하니까 고무적이긴 하지만 우리가 먹어봐야 기껏 몇 톤이겠는가?

한금희 수필집
너의 아방은 뱃놈 아니가

지은이_ 한금희
펴낸이_ 조현석
펴낸곳_ 북인
디자인_ 푸른영토

1판 1쇄_ 2019년 12월 10일
출판등록번호_ 313 - 2004 - 000111
주소_ 121 - 842 서울 마포구 서교동 467 - 4, 301호
전화_ 02 - 323 - 7767
팩스_ 02 - 323 - 7845

ISBN 979-11-6512-001-6 03810

이 도서의 국립중앙도서관 출판예정도서목록(CIP)은 서지정보유통지원시스템 홈페이지(http://seoji.nl.go.kr)와 국가자료종합목록시스템(http://www.nl.go.kr/kolisnet)에서 이용하실 수 있습니다. (CIP제어번호 : CIP2019046810)

책값은 뒤표지에 있습니다.
저자와 협의 아래 인지를 생략합니다.